डार से बिछुड़ी

डार से बिछुड़ी

कृष्णा सोबती

राजकमल प्रकाशन

ISBN : 978-81-267-0299-2

मूल्य : ₹495

पहला संस्करण : 1958
आठवाँ संस्करण : 2024

प्रकाशक : राजकमल प्रकाशन प्रा.लि.
1-बी, नेताजी सुभाष मार्ग, दरियागंज
नई दिल्ली-110 002
शाखाएँ : अशोक राजपथ, साइंस कॉलेज के सामने, पटना-800 006
पहली मंजिल, दरबारी बिल्डिंग, महात्मा गांधी मार्ग, प्रयागराज-211 001
1, अनमोल सोराबजी संतुक लेन, धोबी तलाव, मरीन लाइंस, मुम्बई-400 002
वेबसाइट : www.rajkamalprakashan.com
ई-मेल : info@rajkamalprakashan.com

मुद्रक : बी.के. ऑफसेट
नवीन शाहदरा, दिल्ली-110 032

DAAR SE BICHHUDI
Novel by Krishna Sobti

नानी ठीक ही कहती थी...
सँभलकर री
एक बार का थिरका पाँव
ज़िन्दगानी
धूल में मिला देगा !

डार से बिछुड़ी

एक नौसिखिए लेखक की रचनात्मक क्षमताओं और सीमाओं से अलग 'डार से बिछुड़ी' के सीधे सरल पाठ की संरचना में उसकी मूल सम्भावनाएँ पहले से ही निहित थीं। पुराने वक्तों के आख्यान ने स्वयं अपना कथ्य कुछ ऐसे संयम से निर्धारित किया कि पहले वाक्यांश ने ही लेखक को चौंका दिया।

जिएँ ! जागें ! सब जिएँ-जागें !

अच्छे-बुरे, अपने-पराए जो भी मेरे कुछ लगते थे—सब जिएँ !

'डार से बिछुड़ी' का सहज सीधा-सादा पाठ बिना किसी शिल्प के सहारे स्वयं ही अपने समय के सूत्र गूँथता गया और मेरे बाहर के कथ्य को कहानी की आन्तरिकता की ओर मोड़ ले गया। मुझे इस दबाव का अहसास तक न हुआ। इतना ही लगा कि मैं मात्र इसे प्रस्तुत करने के निमित्त हूँ।

'डार से बिछुड़ी' का पाठ लिखने में कुछ ऐसा बना कि जैसे पहले ही लिखी जा चुकी इबारत को मन से कागज पर उतारना हो। कोई झिझक, सन्देह या भाषायी उलझन नहीं हुई और फिरंगी की छावनी में पहुँच कहानी अपने आप ही समाप्त हो गई।

लिफाफे पर 'निकष'—इलाहाबाद का पता लिखा और 'डार से बिछुड़ी' को डाक से 'निकष' के सम्पादक धर्मवीर भारती को विचारार्थ प्रस्तुत कर दिया। मन में न छपने की बेचैनी थी और न ही छप जाने की उत्सुकता। नए लेखक वाली कोई चिन्ता और उत्तेजना भी नहीं थी।

'निकष' ने जब इसे विशेष कृति करके प्रकाशित किया तो देखकर विस्मय हुआ और न ही विशेष उल्लास की

प्रतिक्रिया। 'डार से बिछुड़ी' के पाठ से जो उम्मीद उसके लेखक को थी, 'निकष' सम्पादक ने उसकी ताईद की थी। इतना कम नहीं था।

'निकष' में कहानी को पढ़ा। कहीं कुछ बदला न गया था। कोई परिवर्तन नहीं। सही समय पर मैं आश्वस्त हुई। 'डार से बिछुड़ी' के प्रकाशन के साथ ही मेरी रचनाओं पर नजर रखी जाने लगी। लेखक के लिए इससे बड़ा पुरस्कार और भला क्या हो सकता था ! 'डार से बिछुड़ी' के पाठ और उसके सुधी आलोचकों, पाठकों के प्रति गहरे भाव से कृतज्ञ हूँ। हाल ही में जब इसे पढ़ा तो लगा कहानी कहने की यह रफ्तार मुझे अब भी कायम रखनी चाहिए थी। विनम्रतापूर्वक इतना ही कि कहानी अपने बलबूते पर मेरे हाथ से उधड़ती चली गई।

विभाजन के बाद के दिन थे। दिल्ली के आकाश पर उतरा हुआ था फरवरी का पत्तों और हवाओं भरा उड़ता-फड़फड़ाता मौसम। अपने जन्म के महीने में मैं हमेशा कुछ अस्थिर-सी हो उठती हूँ। धूल-भरी हवाओं सी हरहराती हूँ। बैसाख के उतरने से पहले उखड़-सी जाती हूँ। बहती सरसराती हवाएँ जाने मुझसे क्या कहती हैं। अन्तर की रहस्य-पट्टी से जाने कैसे-कैसे उदास फीके सन्देश भेजती हैं, जैसे कहीं भगदड़ मची हो। दीवारें हिल रही हैं। दरारें दीख रही हों।

फिर वही दिल दहलाता शोर–
अल्लाह ओ अकबर।
हर-हर महादेव।
विभाजन।
बँटवारा।
1947।

सुबह-शाम नई दिल्ली की टैंकर से धुलनेवाली तारकोली सड़कों की रंगत बदल गई थी। पटरियाँ उदास, गुस्सील, गमगीन शरणार्थियों की टोलियों से अटी पड़ी थीं। मैली-कुचैली, पगड़ियाँ और दुपट्टे। घायल लुटे-नुचे लोगों के ठट्ठ के

ठट्ठ। कैम्प।

बेवतनों के नए नागरिक वार्ड बन रहे हैं।

अपने ठीयों से उखड़े हुए, जड़ों से दूर बदहवास, फिक्रमन्द ख़लकतें और एक दूसरे को रौंदता भाषायी शोर! खड़े-खड़े लड़ाई-झगड़े। अपनी तल्खियों को उतार फेंकने के लिए तू-तू मैं-मैं, हाथापाई, धक्का-मुक्की। जाने किस-किस शहर के मुर्दा साये बचे-खुचे अपने इलाकेवालों के साथ भटकते छितरते-छिटकते राजधानी में आ जुटे थे।

भीड़ कभी पी ब्लाक, कभी री-हैबिलिटेशन मंत्रालय, कभी पुराना किला, फिरोजशाह कोटला, किंग्सवे कैम्प। कभी रोटी-मजूरी की जुगाड़ में तुर्कमान अजमेरी गेट, काज़ी हौज, खारी बाउली, फतेहपुरी, लाल किला, जामा मस्जिद। चाँदनी चौक।

एक दुपहर मैसोनिक लॉज की डिस्पैंसरी पर लगी लाइनों पर खड़े शरणार्थियों के कार्ड बनवाने की ड्यूटी लगी थी हमारे ग्रुप की। वहीं खड़ी भीड़ में माँ के कंधे से लगे एक बच्चे का भयानक चेहरा देखकर दिल दहल गया। एक आँख और माथे पर लगे दो गहरे घाव। ऊपर भिनभिनाती मक्खियाँ।

विभाजन जब होना ही था तो यह वहशीपन क्यों न रोका जा सका! नस्लकुशी?

अपने को घुड़का। बस। इस ओर सिर्फ देखो, उस पर सोचो नहीं।

सिंधिया हाउस का चौराहा क्रास कर कर्जन रोड की पटरी पर चलने लगी थी। घर लौटते हुए चाल में गहरी बेहिम्मती, थकन। अंग्रेजी हुकूमत का यहाँ से अलग होने का क्या और कोई रास्ता नहीं था!

चलते-चलते आसमान की ओर देखा। लगा एक बहुत बड़ी रस्सी पर ज़ख्मी घायल और मरे हुए लोगों के कपड़े एक साथ सूख रहे हैं। घबराकर अपने को धमकाया। खबरदार। अब इन ख्यालों से अपने को दूर रखो। परे झटक दो और सड़क के साथ-साथ लगे इन छाँहदार हरे-भरे पेड़ों की ओर देखो। अपनी हस्ती में मजबूती से जमे हैं अपनी गहरी जड़ों

से। जो उखड़कर सड़कों पर पड़े हैं—उनके लिए जो भी कर सको करो।

पास से गुजरती साइकिल की आवाज से चौंकी।

यह क्या ?

कर्ज़न रोड की पटरी पर आँखों के सामने शाहआलमी प्रकट हो गया। सजी-बनी छोटी-बड़ी दुकानें—चुस्त-चालाक-जवान-बूढ़ी-अधेड़ भीड़। माँओं की उँगलियाँ पकड़े बच्चे। हिन्दुआनियाँ, मुसलमानियाँ, रंग-बिरंगी चुन्नियाँ, चुटले, चूड़ियाँ, सब्जियाँ, फल, ललारियों के यहाँ सूखती पगड़ियाँ। एकाएक कोई मुखड़ा झिलमिलाया जैसे भीड़ में से कोई शिलालेख ऊपर आया।

नकोर कंवार का शरमाता, इतराता मुखड़ा। पीले छींट के जोड़े पर हरी-भरी ओढ़नी। चुन्नी के छोर को मुँह में दबाए आँखों से हँसती यह लड़की कहाँ से आ रही है।

कलाई पर मौली बँधी है। नवरात्रों की अष्टमी पर कुँवारी कन्या पाँव पुजाकर किसी गृहस्थ घर से आ रही है। आँखों से हँसती सयानी होने को मचलती यह बचपनी लड़की। शायद कंजक पुजाने का होगा यही इसका अन्तिम अवसर। फिर बँध जाएगी यह अमावस्या और पूर्णिमा की परिक्रमा से। रजस्वला। मुनिया गुणिया बन जाएगी।

इस लड़की का भला नाम क्या होगा।

पूँछूँ।

भीड़ में अदृश्य हो गई वह लड़की। और मैं चलने लगी सर्राफे की ओर। रुपहली सुनहली जेवर और झक्क मोतियों की जड़त।

मोड़ से बाएँ मुड़ती हूँ।

सोबतियों की हवेली।

हवेली का ऊँचा, चौड़ा पीतल की कीलोंवाला लकड़ी का पुराना दरवाजा।

फाटक की चौड़ाई और ऊँचाई बाँटते अलग-अलग चार शहतीर। एक-एक के दो-दो टुकड़े। पहले एक को ऊपर उठाओ, फिर दूसरा। इधर का। उधर का। उस पर लटक रहा है ककराली का लोहारी जन्द्रा। इसकी ताली अब किसके पास

होगी। जो इधर से वहाँ पहुँचे हैं उनके पास कि उधर वालों के हाथ।

इधर।

उधर।

सामने बड़े सहन के बीच ऊँचे चबूतरे पर पानी की कुँई। लोहे की चरखड़ी। गदर, लड़ाई और भगदड़ों में पानी तो हो पीने वालों के लिए। अन्दर जाते लम्बे बड़े गलियारे पर मुखद्वार। छोटी ईंट की बड़ी ड्योढ़ी। ड्योढ़ी के दोनों ओर से ऊपर की मंजिल की ओर जाती सीढ़ियाँ। नीचे किनारे से मुड़ती तहखानों की ओर उतरती सँकरी पैड़ियाँ। मैं जितनी बार वहाँ जाती उतनी बार कई-कई बार नीचे जाती पैड़ियाँ उतरती और दूसरे घुमाव पर रुकती और वापस लौट आती। एक दिन ऊपर से देख रही माँ ने आवाज़ दी—क्या कर रही हो वहाँ। यह खेलने की जगह नहीं।

मैं तहखाने की ओर जा रही थी।

फिर रुक क्यों गई !

डर लगता है। वहाँ साँप है।

तो लौट आओ।

इसे कैसे देख सकती हूँ। मैं देखना चाहती हूँ। कैसे देखूँ।

ऐसा कोई बन्दा नहीं जो तहखाने में जाए बिना उसे देख सके। इसका ख्याल छोड़ दो।

इसके जवाब के लिए मुझे क्यों रुकना था। जल्दी-जल्दी सीढ़ियाँ उतर गई और तहखाने का पल्ला धकियाया और किवाड़ का आधा पाट चरमराया। और इस आधे का टुकड़ा खिसियाना सा खुला। तहखाने की बासी-मुसी सीलन-भरी दुर्गन्ध नाक में घुस गई। पहले अपने कपड़ों को झाड़ा। आँखें गड़ाईं। अन्दर अँधेरा है। वहाँ से उभरी छोटी-सी लीक रोशनी की। सामने की दीवार पर झरोखी है। देख लूँगी। कुछ तो देख सकूँगी। कुछ-कुछ दीखता है। वह क्या ? टँगने पर लटक रहे हैं, लिहाफ़। चिमगादड़। और यह क्या ? दो बटनों की-सी आँखोंवाला उल्लू। उल्लू ही है। चुपचाप बैठा है। चिमगादड़ तो फड़फड़ाता है। बालों में फँस जाता है। यह बड़े-बड़े

मटके। इनमें सिक्के होंगे।

सिक्के और तलवारें—लड़ाई के वक्त छावनी और शहर में अंग्रेजों का पहरा लग गया था। तहखानों और सिक्ख-फिरंगी युद्ध की जाने कितनी कहानियाँ हमने सुन रखी थीं।

गुजरात के चिल्लियाँवाले मैदान में तीसरी लड़ाई में अंग्रेजों ने हमें हराकर पंजाब को जीता था।

अपनी सेनाओं को पराजित कर अंग्रेजों ने शहर-भर में अपनी विजय का ऐलान कर दिया। गलियों, नाकों और हवेलियों के मुख्य द्वारों पर फिरंगी गारद के पहरे लग गए। रात के पहले पहर हमारे परिवार की सयानी पुरखन तहखानों में उतरी। अँधेरे में हरिसिंगे सिक्के झोली में डाले और पैड़ियों से ऊपर चढ़ी। जाने किस हड़बड़ाहट में सिक्के नीचे गिर पड़े और ड्योढ़ी के सामने बिखर गए। गारद ने मुड़कर देखा तो सयानी पुरखन ने रोबीली आवाज़ में हुक्म दिया—उठाओ और इधर लाओ। मुझे दो।

आवाज़ थी कड़ाकेदार।

सुनते हैं फिरंगी गारद द्वारा हुक्म की तामील की गई थी।

क्या सोच रही हूँ ! कोई सपना देख रही हूँ।

नहीं, जो सामने हो उसे सौ बरस पुराना किस्सा कैसे मिटा देगा।

हर कदम के साथ यह लगा कि अब जो आँखों के सामने है वही हकीकत है। यह भी लड़ाई है। युद्ध है। इसमें हम हारे हैं कि जीते हैं। आजादी। आजादी और विभाजन, दोनों एक साथ।

'डार से बिछुड़ी' के इस नए संस्करण में आपके लिए प्रस्तुत किया जा रहा है चिल्लियाँवाले मैदान का वह नक्शा जहाँ एक ओर खालसा फौजें थीं और दूसरी ओर फिरंगी की सेनाएँ थीं।

हमारी पराजय का निर्णायक दिन था 21 फरवरी 1849। अंग्रेज और खालसा सेनाओं के वर्णन ऐतिहासिक वृत्तान्त का हिस्सा हैं।

इस बीच कई बरस बीत गए। टुकड़ों-टुकड़ों में जाने क्या-क्या अन्दर जमा होता रहा। इसकी प्रतीति तभी हुई जब 'डार से बिछुड़ी' लिखनी शुरू की।

एक रात मेज पर बैठी थी कि कोई चुपके से कान में दोहरा गया। जिएँ-जागें। सब जिएँ-जागें।

उलाहने, शिकायत, दुख-दर्द, कड़ुवाहट भुलाकर कौन कह रहा था कि सब जिएँ-जागें।

यह पाशो की आवाज़ थी। शायद वही लड़की जो उस शाम कर्जन रोड पर चलते-चलते मुझे शाहआलमी में दीखी थी।

न शिक्षा थी न विद्या थी, न पिता की छाँह। न विधवा माँ की मान-मर्यादा और न परिवार की सुरक्षा।

रात के अँधेरों में घर की देहरी से बाहर पाँव रखा और हर कदम दूर होती चली गई पाशो अपनों और परायों से। आकाश में उड़ते पाखियों की डारों से अलग हुए पंछी की तरह।

28 जुलाई 2001 —**कृष्णा सोबती**

एक

जिएँ ! जागें ! सब जिएँ जागें !

अच्छे, बुरे, अपने, पराए—जो भी मेरे कुछ लगते थे सब जिएँ !

घड़ी-भर पहले चाहती थी कि कहूँ सब मर-खप जाएँ। न कोई जिए न जागे। मैं मरूँ तो सबको ले मरूँ ! इस अभागी के ही जीने के लेख बिसर गए तो कोई और क्यों जिए ? क्यों जागे ?

पर कौन होती थी मैं अपने दुर्भाग्य से हरी-भरी बेलों को जला देनेवाली ! कौन होती थी मैं दूध-भरी झोलियों को सुखा देनेवाली ! कौन होती थी मैं भरी-भराई, लाड-सनी झोलियों को दहला देनेवाली !

मालिक के किए जब भरी रही मेरी झोली, हरी रही मेरी झोली, तो क्यों न लोक-जहान फले-फूले ! क्यों न अपने-पराए जिएँ-जागें ! हँसें-खेलें उनकी भरी-पूरी गृहस्थियाँ, जिन्होंने बाँहें बढ़ा मुझ कर्मजली को अपनी डार से मिला लिया।

सब जिएँ ! सब जागें !

पर जो मैं थी, वह क्या फिर से लौट आई हूँ ?

भरे उठान अकड़कर, आँखों से रंगीन डोरे बिखेरते राह पर से चली जाती ! ठहरने को न कपड़ा ठहरता, न नजर ! और बाँहें किन्हीं प्यासी गलबहियों-सी हर अँगड़ाई के संग उठतीं, खिलतीं और अपने में सिमट जातीं !

शाह आलमी से जब तिल्लेवाली नोकदार जूती पहने, फुम्मनियोंवाला लम्बा पराँदा डुलाते निकलती तो आवाजें सुन-सुन मुस्कुराती !

माँ क्या मुझसे कम रही होंगी ! खोजों के घर पटरानी बनकर बैठ जानेवाली नानी की बेटी कैसी लगती होगी ? बार-बार सोचती और सोच-सोचकर और भी इठलाती। चाहती, किसी दिन चुपके से खोजों की हवेली जाऊँ और क़िसी झरोखे से अपनी माँ कहलानेवाली की एक झलक तो पाऊँ। पर अपने छोटे-बड़े मामू के कठोर चेहरे याद कर पाँव ठिठक जाते। बहाने-बहाने शाह आलमी तक निकल जाती और कुम्हारों के घर तक हो वापस लौट आती।

कभी नानी के संग ठाकुरद्वारे जाती तो नानी तेवर चढ़ा सिर ठोकती—

"रब्ब तुझे सँभाले, अरी कपड़ा नीचे रखा कर !"

कुएँ से गागर भरकर लाती तो बड़ी मामी आँखें

तरेरती; फिर क्रोध से बाँह में अटकी गागर खींचकर कहती—

"पसार छूने लगी—न शर्म, न हया ! अरी, ओढ़नी अब तेरे गले तक से उठने लगी... ।"

मैं गोल-गोल आँखों से सामना किए रहती, न पलक झपकती, न कुछ कहती। बस छिपी-छिपी नजर अपने चाँदी के बीड़ेवाले कुरते को निहारती।

तन्दूर तपा परात में से आटा ले-ले पेड़े बनाती थी कि छोटे मामू सीढ़ियाँ चढ़े; चूड़ियों की खनकार सुन जैसे ठिठक गए।

पानी से छुआ, झुक तन्दूर में हाथ डाला और सेंक न सहार सकने से उछलकर पीछे हुई कि छोटे मामू ने निर्दयता से चुटिया घुमा दी और धक्का देकर कहा—

"अरी, यह कुलच्छनियोंवाले हाव-भाव !"

आवाज सुन नानी बाहर निकल आई। घड़ी-भर सहमी-सी मामू की ओर देखती रही, फिर हाथ से तिरस्कारती बोली—

"अरी कुएँ में डूब मरी थी तेरा बीज डालनेवाली ! अब तू सँभलकर साँस भर... !"

एक बार तो आँसू छलके, फिर ओढ़नी मुँह में डाल रोती रही ! खड़ी रही—खड़ी रही। फिर जलती रोटी तन्दूर से निकाल चँगेर में डाली और दूसरा पूर लगाने लगी।

नानी कान की बड़ी-बड़ी मुरकियाँ हिला-हिला बोली—

"जा बेटा, कुछ पानी-धानी पी..."

मामू जाते-जाते फिर रुके और बाँह फैलाकर बोले—

"तन्दूर लगाने को क्या यही चुड़ैल रह गई है ? इसे बर्तन-भाँड़े दिया करो मलने को..."

मामी लपककर अन्दर से आई और अपनी ओर चँगेर सरकाकर बोली—

"तुम्हें सौंह सगों की जो तुम फिर कभी परात छुओ !"

उस दुपहर कुछ खाया नहीं। नीचे कुएँ पर जा झीनी-सी ओढ़नी ओढ़ मल-मलकर नहाती रही। कभी गोरे-चिट्टे पाँव मलती, कभी बाँहें, कभी गर्दन। बैठी-बैठी ही डोर लटकाती और भरी गागर खींच अपने ऊपर उँडेल लेती। पानी से भीग-भीग न मामू की जलती निगाहें याद रहीं, न नानी की फटकार।

ऊपर गई तो पड़ोसियों के घर से लगी कोठरी में जा लेटी। लेटी-लेटी सोचती रही, क्या है जो आए-दिन गालियाँ खाती हूँ। फिर बाँहें सिर पर फैलाकर अँगड़ाई ली और दोनों ओर के ऐन बीचोबीच लटकती चाँदी की जंजीर देख एक बार फिर मुस्कुरा पड़ी।

कोई कुछ भी कहे—मेरी बला...!

दुपहर ढलते उठी। बाहर आई। पसार में बैठी नानी कशीदा काढ़ती थी। पास से पीढ़ी खींच चौके के बाहर लगा बर्तनों का ढेर साफ करने लगी।

सूखी राख से कटोरे मल-मलकर एक-दूसरे पर टिकाती थी कि छोटी मामी बाहर से आई और नानी को सुनाकर बोली—

"नखरे तो देखो लाडो के ! पीढ़ी ले भाँड़े मलने बैठी है ! अरी बुरों की, पीढ़ी पर बैठती हैं भले घर की बहू-बेटियाँ...!"

सुनकर अंग-अंग जल उठा। गुस्से में मामी को कुछ

कहने को थी कि हाथ काँसी के कटोरे तक गया और पूरे जोर से माथे पर आ पड़ा। सँभलती, कि ओढ़नी पर टप-टप खून गिरने लगा।

मामी भौचक्की रह गई। सिर हिलाती काँपती-सी नानी पास आई और कुछ कहते-कहते रुक गई। ठुड्डी छू मुँह ऊपर उठाया और कन्धों से घेरकर चारपाई पर जा लिटाया। माथा पोंछ नानी ने घी लगाया तो दाँतों-तले जीभ दबा गुमसुम पड़ी रही। न कराही, न रोई, न हिली-डुली।

रात देर गए नानी घी डला दूध का कटोरा लेकर आई तो ऊपर झुक हौले से बोली--

"उठ बच्ची, ले, दूध पी !"

सिर हिला दिया--"नहीं।"

"क्यों री, सिर फिर गया है तेरा ? इतना खून गया है, कल उठेगी कैसे ?"

हाथ से दूध का कटोरा नीचे उलटाकर कहा--

"मेरी ओर से इसे चूल्हे में डाल दो।"

सिर पर हाथ रख बाँही पर बैठती हुई नानी बोली--

"सुन लेंगे तो भट्ठी में भून डालेंगे...!"

"भून डालें !"

कुछ देर ढिठाई से नानी की ओर ताकती रही, फिर उसकी झोली में मुँह छिपाकर बिसुर-बिसुर रोने लगी।

नानी ने पुचकारकर भरे गले से कहा--

"इस मुँह उसका नाम न लूँ बिटिया, उसी की करनी तुझे भरनी थी। तेरे दोनों मामू उसे कितना मानते थे, यह लोक-जहान जानता है, पर वह नासहोनी तो घर-भर का मुँह काला कर गई।"

बीच में ही टोककर पूछा--

"नानी, खोजों की हवेली..."

मुँह पर हाथ रख नानी ने घुड़की दी–

"वहाँ का नाम न लेना लड़की, उस ओर नजर भी की तो लड़के जीता न छोड़ेंगे।"

उस रात बन्द आँखों में शहर-भर की सबसे ऊँची खोजों की हवेली घूमती रही। दीखा कि जलालपुरी दरवाजे की ओर खुलता झरोखा एकाएक गुलाबी झलक मारने लगा है। मुँह उठाकर ऊपर देखने लगी, कि तस्वीर-सा मुखड़ा दीवार की ओट हो गया...।

अगले कई दिन चारपाई से उठी नहीं। तड़के फज़ल नाई आता और नानी के सामने मरहमपट्टी कर जाता। मामू-मामियाँ किसी भी दिन मेरे पास नहीं आए।

पट्टी खुली, फोहा लगा। फोहा उतरा तो लौंग-जला घी लगता रहा। नानी कई बार मुँह उठा-उठा माथा देखती–

"अरी कख न जाए तेरा, अपना भाग सराह, कुछ और हो जाता तो उमर-भर को बज्ज लग जाती।"

उस दिन ठीक हुए पहली बार उठी थी। नहा-धो साफ-सुथरे कपड़े पहने। तेल डाल बाल गूँथे। आले में पड़े छोटे से दर्पण में मुखड़ा देखा तो दँदासेवाले चमकते दाँतों से हँस पड़ी। मामू-मामियों की कड़वी निगाहों से यह उजला रूप कैसे मैला होगा ! माथे पर का दाग अभी लाल-लाल दिखता था। कसे बालों में से एक लट निकाल उस पर छितरा ली। पहली बार स्यालकोटिए शाहों की बहू का जड़ाऊ टीका आँखों में घूम गया। नाक की लौंग हाथ से छू-छूकर कई बार मन-ही-मन दुहराया–इस माथे वैसा ही टीका सजेगा...वैसा ही टीका...!

मेरा उस दिन का बनाव-सिंगार पहले नानी को खटका था या मामी को, नहीं जानती, पर त्रिकाल बेला नाइन को बुलाकर नानी बोली—

"रांबयाँ, लड़की का पूरा सिर गूँथ; यह आए-दिन का टंटा अच्छा नहीं।"

अटेरन पर सूत चढ़ाती बड़ी मामी हाथ रोककर मेरी ओर देखने लगी कि नानी को मैं क्या जवाब देती हूँ।

"मैं यूँ ही अच्छी। मुझे सिर सूली पर नहीं चढ़ाना है।"

"क्या कहा री...?"

नानी कमर पर हाथ रखकर पास आ खड़ी हुई और खा जानेवाली अँखियों से फटकारकर बोली—

"आग लगे तेरी जवानी को ! रांबयाँ, खोल इसका फुनगियोंवाला पराँदा...!"

मन में आया रांबयाँ समेत तीनों को रौंदती हुई घर से बाहर हो जाऊँ, कि नीचे सीढ़ियों पर छोटे मामू की आहट सुन पड़ी। सहमकर रांबयाँ के आगे जा बैठी।

सिर गूँथ रांबयाँ पीठ पर हौले से धौल लगाकर बोली—

"उठ री, कहने में रहा कर ! पराए घर की बात उलटने से कैसे गुजर होगी तेरी ?"

मामी ने सुनकर बोली मारी—

"भली कहाँ रांबयाँ, इस चलते पानी का ठौर कहाँ...?"

एक संग तीन मटके उठा पानी भरने नीचे उतर गई। कस-कसकर गुँथा सिर दुखने लगा। कुएँ की मुँडेर पर खाली घड़े को हाथ दिए-दिए जाने कब तक बैठी रही।

चौंककर पीछे देखा तो बड़ी-बड़ी आँखोंवाले बड़े मामू खड़े थे। एकाएक अँखियाँ छलछला आईं। जी हुआ मामू से लिपटकर कहूँ—'इस घर के लिए मैं भार हूँ मामू, मुझे कहीं और छोड़ आओ...'

मामू ने पहली बार सिर पर हाथ रखा और जल्दी से खींच लिया।

"यहाँ बैठी-बैठी क्या करती है ? चल ऊपर !"

भरी-भरी अँखियों डोर बाँध घड़े कुएँ में सरका दिए और गज-गज-भर का हाथ दे जल्दी-जल्दी ऊपर खींच लिये।

दाएँ-बाएँ बाँहों में और एक मटका सिर पर थाम ऊपर चली तो मामू मेरे पीछे हो लिए। अँधेरी पतली सीढ़ियों में न झुकी, न रुकी। ऊपर जा चौके में तीनों मटकों की कतार लगा दी। मामू की ओर देखा नहीं, पर मामू के कसे माथे के बल मन-ही-मन देखती रही और डरती रही। चाहा, नजर बचा इधर-उधर हो जाऊँ, पर वहीं रुकी रही। भरी गागर का पानी उठाकर देग में उलटा दिया और नीचे उतरने को फिर पाँव बढ़ाया।

मामू की आवाज पड़ी—

"गागर रख—इधर आ..."

कलेजा धड़कने लगा। गागर रखने को झुकी कि सलवार का पाँयचा पैर में अटका। गिरते-पड़ते मामू के सामने आ हाजिर हुई।

"फतेहअली के घर गई थी ?"

सिर हिलाया—"नहीं।"

"गई थी मर गई, करीम से मिलने ?"

"नहीं, मामू नहीं..."

सहमे-सहमे सिर हिला दिया।

मामू की आँखें रत्ती हो आईं।

"नहीं की बच्ची! तेरा दिया चमकी का रुमाल सर्राफे-भर में दिखाता फिरता है। मौत आए तुझे, कहता है माँ शेखों के घर जा बैठी, अब लड़की इस दिल में रहेगी।"

दाँत-तले ओढ़नी दबा बार-बार सिर हिलाती चली–

"नहीं, नहीं...!"

मामू को मेरी आवाज में, मेरे चेहरे पर, कहीं भी सच नहीं दीखा। गुस्से में काँपकर नानी को आवाज दी और भँभीरी-सी मेरी चुटिया घुमाकर पसार की दहलीज पर दे मारा।

औंधी पड़ी सिसकती रही।

मामू सीढ़ियों तक जाकर फिर लौट आए। तन्दूर के पास पड़े लकड़ियों के ढेर से एक छड़ उठा कड़े हाथों फिर मारने लगे।

"तेरी ऐसी करतूतें!"

तड़पी, रोई-धोई, पर मामू तो थमे नहीं। लहू बहता देख ऐसी डरी कि घिग्घी बँध गई। मामू का पैर पकड़कर सिर पटकने लगी–

"और न मारो मामू, मैंने कुछ नहीं किया..."

नानी ने आ अलग किया और सिर पर टहोका दे बोली–

"अरी मरन जोगी, कल आती मौत तुझे आज आए! जा बेटा, काम-धन्धे लग, मैं इस नासहोनी को सँभालती हूँ।"

मामू के नीचे जाते ही मामी आ धमकी। लानत-फटकारें दे कुरता खींचकर बोली–

"अरी नरकों में वास हो तेरा और तुझे जन्मनेवाली

का ! उस शोहदे से आँख लड़ाने चली ! जैसी कुलच्छनी माँ थी...''

नानी ने मामी को रोक दिया। पड़ोसियों की छत की ओर हाथ करके बोली—

''बहू, जहान खड़ा सुनता है। इस डूबजानी को कोठरी में डाल !''

किवाड़ भिड़ा दोनों मामियाँ और नानी खा जानेवाली निगाहों से पास आ बैठीं।

''बुरे चलन की, कब दे आई थी रुमाल उस गर्कजाने को...?''

रो-रोकर बार-बार कहती रही—

''झूठ है मामी, यह झूठ है...''

मामी हाथ मटका बोली—

''अरी कालिखपुती, तेरी माँ भी यही कहती थी।''

नानी ने हौले से बाँह छूकर पूछा—

''कुछ और तो नहीं कर आई ?''

सिसकियाँ भरते-भरते ठिठक गई।

नानी साँस रोके घड़ी-भर मेरी ओर ताकती रही, फिर जवाब न पा माथे पर हाथ मारकर बोली—

''किन पापों का फल इस जन्म में मुझे मिलना था। बहू, इसे मौहरा दो मौहरा, ऐसी सोए कि जागे ना।''

रात-भर कोठरी में पड़ी रही। उधड़ी देह में जब टीसें उठतीं तो याद करने की कोशिश करती—कब मिली थी करीम से; कब दे आई थी उसे रुमाल अपना !

शाह आलमी से आते-जाते तनिक एक नजर देख मुस्कुरा ही तो देती थी। और करीमू अपनी हाट पर बैठे-बैठे बेली शाह के लड़के को हाँक देता—

"इस पानी की झलक झेली नहीं जाती। तू ही बता क्या करूँ...!"

ठंड से सिकुड़ नीचे लेट गई तो आँख लग आई। नींद में भी शाह आलमी के ही चक्कर काटती थी कि छोटी मामी दूध का कटोरा ले अन्दर आई। हाथ से झकझोर बोली–

"उठ री करमजली, तेरी मामियाँ लाख बुरी सहीं, पर जीते-जी तुझे कैसे मर-खप जाने दें। उठ दूध मुँह लगा..."

मलाई-सना दूध का कटोरा देख हाथ बढ़ाती ही थी कि दहलीज पर बड़ी मामी को देख ठिठक गई। नानी की बात मन में घूम गई–'मौहरा दो इसे मौहरा।'

कटोरा नीचे रख हाथ खींच लिया और ढिठाई से सिर हिलाया–"नहीं।"

मामी ने पुचकारा–

"पी री..."

भरपूर आँखें देख कहा–

"मुझे नहीं पीना..."

बड़ी मामी से जैसे सुना नहीं गया। झपटकर अन्दर आई और छोटी मामी को पीछे हटाकर बोली–

"पीती कैसे नहीं, मैं पिलाती हूँ।"

बड़ी मामी ने मेरे हाथ पकड़ लिए तो सब समझ गई।

दाँत भींच दोनों को तरेरती रही, फिर हाथ छुड़ाते-छुड़ाते कटोरा उलटा दिया।

बड़ी मामी ने सिर की 'मेड़ियाँ' नोच डालीं।

"अरी रब्ब की मार तुझ पर...तुझे कल ही ठिकाने लगवाती हूँ।"

छोटी मामी का इशारा पा दोनों बाहर निकल कुंडी लगा गईं तो डर से थर-थर काँपने लगी। इन बैरियों के हाथों अब बचूँगी नहीं... !

थकी-टूटी भित्ति की टेक ले बैठी तो फिर नींद ने आ घेरा। नींद में देखा, लाल जोड़ा पहने डोले में बैठने लगी हूँ और ओढ़नी के संग लटकता गठबन्धन का वही पीली चमकी का रुमाल है। लाल जोड़ा...लाल जोड़ा... और इन बाँहों में छनकार करता हाथीदाँत का लाल चूड़ा...लाल...

तड़के उठी तो अंग-अंग दुखता था। कलवाली पीड़ें जागीं तो जी हुआ ऊँची-ऊँची रोऊँ। फिर रातवाले सपने का ध्यान हो आया। राह देखने लगी, कब किवाड़ खुलें, कब छोटे से दर्पण में अपनी छवि देखूँ।

पर संझा से पहले कपाट नहीं खुले। बाहर किन्हीं पाहुनों की-सी आवाजें आती थीं। जतन करती रही कि पहचान में आएँ, पर बोल कहीं चौके के आसपास ही गूँजकर रह गए।

छोटी मामी ने साँकल उठाई। हाथ में दीया था। पास आ मिजाज से बोली—

"उठ री मेरी लाडो, बहुत हुई रुसवाई...!"

बाहर आई तो नानी ने ढीले स्वर में कहा—

"जा पाशो, चौके में मामी से ले कुछ खा-पी..."

कुछ समझ नहीं पाई, मेरे संग इतना लाड़ क्यों ?

चौतरे पर हाथ टेके पत्थर-सी बनी खड़ी रही। बड़ी मामी चौके से उठ आई और पीठ पर हाथ रख प्यार से बोली—

"पाशो, मामू का कहा-किया बुरा मानने लगी ? घर

के खसम ने कुछ कह ही दिया तो जी को लगा बैठी ? चल टुक्कर मुँह में डाल...''

दो दिन की भूख ने ज़ोर मारा। देती हैं तो दें, मौहरा ही दें...

मामी ने रोटी तवे पर डाली; सेंक-साँक खुला घी लगाया और थाली परस दी।

ऐसे लाड़-प्यार से जी छलछला आया। घुटनों पर सिर डाल भर-भर आँखें रोने लगी।

छोटी मामी और नानी पास आ खड़ी हुईं।

''जिगरा कर बिटिया, खा-पी, नींद ले। कल प्रभाती जोड़-मेले जाना है...''

हिचकियाँ पल-भर को रुक गईं। रात-भर कोठरी में बन्द अब मुझे जोड़-मेले क्यों भेजेंगे ? मैं सौ-सौ मिन्नत किया करती थी और मामू हामी न भरते थे !

बेमन कुछ कौर निगल पानी पी उठ गई और नानी के पसार में जा लेटी।

नानी ने लोई ओढ़ा दी और भर्राए कंठ से बोली—

''अब जी न भटका, तड़के जगाऊँगी तो उठ जाना...''

करवट ले आँखें मूँद लीं।

नीचे ड्योढ़ी में कुंडी उड़काने का खटका हुआ तो नानी हड़बड़ाकर उठी और बाहर चली गई।

मैं कान लगाए सुनती रही—मामू के भारी गले की फुसफुसाहट और गली में घोड़े की टाप।

बाहर नानी और मामी के घुले स्वर सुन फिर चौंकी।

नानी रुँधे कंठ कहती थी—

''बेटे को समझा बहू, अभागी को इस बार तो बकश दे...''

"इस घर की न पत, न मान, पर तुम्हारी तार वहीं बजती है माँ ! शुकर मनाओ रात-ही-रात जो लड़की को गाड़ नहीं दिया।"

नानी को अन्दर आई जान नींद के-से साँस भरने लगी। नानी ने लौ हल्की की, फिर मुझ पर झुकी-झुकी अँखियाँ पोंछती रही। आँख की कोर से देखा, बाँही पर बैठी नानी हाथ बढ़ा मुझे छूती है...रोती है...

दिल में धौंस पड़ी। प्रभाती जोड़-मेले के बहाने मेरी मौत आई है।...

नानी के पुराने बूढ़े साँस उठ-उठ गिरने लगे। मुँह पर से लोई उठा देखा, नानी नींद में बेखबर थी। तेल रिसती लौ और धीमी हो आई थी। भिड़े किवाड़ की कुंडी नीचे लटकती थी। सोचकर घबरा गई। 'चलो...चलो... भाग चलो...!'

कपड़ा अलग हो गया। पीठ उठाई।

चरमराहट...धुक...धुक नानी की साँस पहली-सी ही बजती चली। सिरहाने पड़ी ओढ़नी से मुँह-सिर लपेटा और दहलीज की ओर बढ़ी। जान हथेली पर रख आधा कपाट सरकाया, पैर उठा, हौल पड़ते दिल से दबे पाँव कोठे पर जा चढ़ी।

बनेरे पर से देखा, रात-ही-रात थी। दो-चार हवेलियों की 'माउंटियाँ' और अड्डेवाली मसीत के ऊँचे मीनार दीखते थे।

धुकधुकी से देह गीली हो गई। वहाँ...वहाँ...

मुँडेर फाँद पड़ोसियों की छत पर उतरी तो एक ही बात मन में आई--

खोजों की हवेली दौड़ चलो...दौड़ चलो !

दो

मामू कब जागे, कब घर में हाहाकार मचा, यह मैं कैसे जान पाती !

तारों की लौ, सर्राफे के पिछवाड़े जब लुकती-छिपती खोजों की हवेली तक पहुँच गई तो आगा-पीछे सोच कँपकँपी छिड़ गई। दोहरी ओढ़नी से मुँह-सिर लपेट लिया। छोटे-बड़े मामू की आँखों की तरह ऊँची हवेली के किवाड़ जुड़े-जुड़े मुझे घूरते थे। खड़ी-खड़ी दाँत भींच रुलाई रोकती रही और दोनों हाथों ड्योढ़ी का द्वार खटखटाती रही। गली के कुत्ते भौंक-भौंक जी दहलाते और हर साँस के संग मानो मामू पास चले आते।

मुट्ठियाँ मार-मार साँकल खड़क गई। चाहा कि चिल्ला-चिल्ला कहूँ—खोल दो, मुझे किवाड़ खोल

दो। पर डर से घिग्घी बँध गई। निढाल हो सिर से थाप देती होऊँगी कि तबेले से कोई ऊँची आवाज आई–

"ओ रब्ब की मार तुझे–इस कुबेले कौन है ?"

चरमर-चरमर करता दो जनों का-सा ऊँचा कपाट खुला तो खोलनेवाले के आगे झुक रोते-रोते बोली–

"मुझे मार डालेंगे...मुझे मार डालेंगे..."

"आई कहाँ से बच्ची ?"

"बड़वाली हवेली..."

पलक झपकते मजबूत हाथ कलाई पर पड़ा और खींचकर अन्दर कर ली गई। दीवट की रोशनी में पहचानी गई तो सुन पड़ा–

"बुरी घड़ी तेरे सिर लड़की, आधी रात तू शेखों के घर !" ड्योढ़ी में लगे बाजरे के ढेर पर औंधी हो सिसकने लगी।

पौड़ियों पर से ऊपर जाती इकहरी आहट जब दोहरी हो पास आई तो कानों में कुछ और-सी होकर लगी।

नया सयाना स्वर सुन और भी रुलाई आई।

"पीर-फकीर ख़ैर करें बच्ची, इधर की राह कैसे ढूँढ़ ली ?"

"मैं मर जाऊँ...मैं मर जाऊँ..."

दूर गली में कहीं पहरुए की ऊँची आवाज गूँज गई तो शेखजी बोले–

"दित्ते, माँ ज़िन्दा से कहकर मेहरबी के पसारवाली सीढ़ियाँ खुलवाओ।"

और हाथ से घेर शेखजी मुझे बाहरवाले आँगन में ले आए।

ड्योढ़ी तक जा फिर साँकल देखी और लौटकर धीमे से पूछा–

"बीबी रानी, राह में कोई मिला ?"

"नहीं तो..."

ऊँचे लम्बे शेख झुककर मेरी ओर देखते रहे; फिर बच्चों की तरह थपथपाकर बोले–

"घबरा न बेटी, जो होना था हुआ। जिसके आसरे आई हो वही कोई राह भी सुझाएगा।"

आँगन पार कर ऊपर की ड्योढ़ी पहुँचे तो अन्दर से घबराई-सी आवाज आई–

"ख़ैर तो है शेखजी ?"

"खैर ही है मेहर ! तुम्हारी छोटी मेहर को लिवा लाया हूँ !"

"कौन शेखजी...? इतनी रात गए ?"

माँ जिन्दा के साथ पहले मैं अन्दर पहुँची कि वह बाहर आई, कुछ पता नहीं। किसी ने आँखों पर से ओढ़नी उठा मुँह देखा–

"नहीं...नहीं शेखजी...यह क्या देखती हूँ !"

और रोते-रोते मुझे अपनी ओर खींच लिया।

शेखजी समझा-समझा अलग करते थे–

"सब्र करो मेहर ! अब तो तुम्हारे पास आन पहुँची है..."

पर रेशमी ओढ़नी से लिपटी मेरी बाँहें उस गले से अलग न होतीं।

"मैं भी ऐसी ही थी, मैं भी ऐसी ही थी..." नानी की बेटी बार-बार यह कहती थी और रोती थी।

माँ ज़िन्दा आगे बढ़ आई।

"जिगरा करो मालकिन, लड़की को और न रुलाओ...।"

चाँदी के ऊँचे पायेवाले पलँग पर लेटी तो ज़िन्दा

की मालकिन सिरहाने कोहनी टेके कई पल यह मुख निहारती रही। फिर बालों को छू गीली आवाज में बोली–

"बच्ची इतनी बड़ी हो गई और मैं जानती तक न थी !"

मैं उस नरम बिछौने पर लेटी पट्ट के कुरते पर लटकती सोने की जंजीर तकती रही, हाथ में लिशकारा मारती आरसी तकती रही।

माँ ज़िन्दा ने आले में की बत्ती नीची की और पास आकर कहा–

"लड़की सरदी में भटकती रही है मालकिन, अब इसे सोने दो।"

मुझे अच्छी तरह कपड़ा ओढ़ा रानी-सी शेखों की घरवाली शेखजी की बैठक की ओर चली तो नीचे लटकता सुनहरी पराँदा इन आँखों में बस-बस गया। माँ ज़िन्दा ने सीढ़ियोंवाला कपाट उढ़काया और लाड़ से बोली–

"पहली रात बीती बेटी, अब नींद ले। जी न भरमा, रब्ब अच्छी करेगा।"

आँखें मूँदीं। मामू फिर सामने आए; ठुड्डी पर हाथ रखे मामियाँ और रोती-करलाती बूढ़ी नानी ! फिर नानी की बेटी दीखी और दीखे ऊँचे हवेलीवाले शेखजी। पुचकारकर जैसे कहते हों–'सो जा बिटिया, चिन्ता काहे की !'

तड़के जगी तो नए पसार अपने को देख रात-की-रात फिर सामने उतर आई। घबराई-सी ने माँ ज़िन्दा से पूछा–

"मामू तो नहीं आए ?"

"नहीं बच्ची, निश्चिन्त रहो। उठकर नहाओ-धोओ,

मालकिन तुम्हारी राह तकती...।"

बड़ी चौड़ी पानी-भरी देगें दिखा माँ ज़िन्दा ने नरमे का जोड़ा टँगने पर डाल दिया और आँगन की रोक भिड़ा बाहर चली गई।

लीड़े उतार पानी डालने को पाटी पर बैठी कि अपनी चिट्टी दूध देही पर सूजे रिसते मार के चित्तरे देखती रह गई।

पाँव धोए, हाथ धोए और मुँह पर पानी के छींटें दे-दे कलसा खाली करती रही।

देर हुई होगी कि माँ ज़िन्दा अन्दर आई और मेरी झुकी पीठ देख हाथ मल-मल बोली–

"अन्धेर साईं का बेटी, पहले नहीं बताया ! मैं मर जाऊँ फूल-सी देह का यह हाल !"

टँगने से कपड़ा खींच ऊपर ले लिया और घबराई-सी बोली–

"बड़ी अम्मा, माँ से न कहना।"

माँ के फलसई जोड़े पर मूँगिया ओढ़नी ओढ़ जब चबारेवाली बैठक में पहुँची तो मामू की बहन राँगली पीढ़ी पर बैठी बीज छीलती थी। सिर पर गुल-जड़ा दुपट्टा था, पैरों में सलमे-सितारे की जूती।

पासवाली पीढ़ी पर बैठी तो यही देखती रही कि नानी की बेटी का चेहरा-मोहरा नानी से नहीं, मुझी से मिलता है। मुझी-सा रंग, मुझ-सा ही माथा...

"मालकिन, बच्ची कुछ खाए-पिए तो इसके पिंडे का कुछ और जुगाड़ करूँ।"

माँ कुछ समझी नहीं।

माँ ज़िन्दा मेरे सिर पर हाथ रखकर बोली–

"मालकिन, जो इस फूल-सी लड़की को मार-मार

घायल कर दे वह अपने नहीं, उन्हें बैरी ही समझो।"

माँ की अँखियाँ फैल गईं। हाथ की चँगेर एक ओर सरका मुँदरी और छल्लोंवाला भरा-भरा हाथ मेरे सिर पर रखा और हौले से पूछा–

"बेटी, किसी ने कुछ कहा था ?"

आँखों पर घिरती धुन्ध रोकती रही।

"कह बेटी, मुझसे तो कह..."

नया-पुराना, अगला-पिछला सब याद हो आया। उस लाड़-भरी आवाज में बह-बह जाने क्या-क्या सुनाती रही ! ठिठककर देखा तो इस बार मैं नहीं, माँ रोती थी।

"बिटिया, तेरा दोष नहीं, मैं ही इस सबकी भागीदार हूँ। मेरे वीर तो सच्चे हैं। मुझ-सी अभागी बहन जिनकी लिशकती पगड़ियों का खरा पानी उतार फेंके, उसकी जाई उन्हें कैसे सुहाएगी ?"

अचरज में सोचने लगी, माँ क्यों उनकी ओर से बात करती है !

माँ ने जैसे इस मन की बूझ ली हो। ओढ़नी से आँखें पोंछ बोली–

"बच्ची, तेरी माँ को इस घर में कोई कमी नहीं, पर जो अपनी पिछली ड्योढ़ी काला पल्ला डाल आए वह किस मुँह अपने वीरों को उलाहना दे !"

जो माँ कहती थी, वह मैं सुनती थी, पर समझती नहीं थी...

दुपहरी लेटी तो माँ ज़िन्दा टकोर करने को घी गरम कर लाई। पीठ उघाड़ी तो माँ हाथ मल-मल गई–

"बच्ची, तुमने पहले बताया नहीं...कहा नहीं..."

घी का फोहा लगते ही मछली-सी तड़पी, पर ओढ़नी होंठों से लगाकर सह गई। माँ मेरी ओर झुकी टकटकी

लगाए देखती रही। फिर रुलाई न रोक सकने से भर-भर रोने लगी।

हल्दी लगा माँ ज़िन्दा लुग्गड़ बाँधती थी कि दहलीज़ पर से किसी ने हाँक दी 'माँ', और अगले छन कोई पास आ खड़ा हुआ।

"लाली !"

माँ ने कन्धों तक आते लाली को अपनी ओर खींच लिया और रो-रो कहा—

"बच्चा, तेरे रहते तेरी बहन की यह दशा...!"

तावली से उठकर बैठ गई और सिर पर कपड़ा खींच लिया।

लाली...लाली...

जाने कैसी आँखों से अपने वीर को देखती होऊँ कि माँ ज़िन्दा की आवाज सुन पड़ी—

"अपनी माँ-जाई के पाँव छू बेटा, तेरी बड़ी बहन है !"

मुगल-सा दीखता मेरा बाँका वीर मेरे पास झुका तो कलेजे ठंड आ पड़ी। जी हुआ, उस सोहणे माथेवाले से जा लगूँ, पर बैठी-बैठी हँसती रही और रोती रही; रोती रही और हँसती रही...!

नानी के घर से खबर आई। बड़े मामू ने मुँह नहीं जुठाया, मामियाँ बैठी पल-पल फटकारती हैं और कोठरी में पड़ी नानी झड़ी-सी रोती है। शौदाई-से हुए छोटे मामू गँड़सा लिये घूमते हैं।

खत्रियों के माने-परवाने घर की पत पहले शेखों ने उतारी थी, एक बार फिर उतरी।

ममदू नाई ने गला खँखार शेखजी से कहा—

"छोटा क्या कर बैठे शेखजी, पता नहीं। वह तो करीमू की जान लेने पर उतारू है। फतेहदीन ने लड़के को जेहलम पार भेज दिया है, पर उसके सिर तो खून चढ़ा है। सच पूछो शेखजी, पूरा सर्राफा भाइयों पर हँसता है। बड़ा कल धर्म-काँटे के आगे से निकला तो सावन शाह की टोली ने बोली मारी—'बादशाहो, अब क्या शेख, क्या बाम्हन ! खत्रियों की बेटियाँ तो अब काबुल-कन्धार पहुँचेंगी' !"

शेखजी का सयाना चेहरा फीका पड़ा, फिर ममदू को जाने के लिए कह माँ की छोटी बैठक चले आए। आँख-भर माँ को देखते रहे, फिर इस ओर देख बोले—

"हमारी बीबी रानी का जी लगा ?"

सिर का कपड़ा ठीक कर पीढ़ी से उठ बैठी। ममदू नाई की तो सारी बातें अन्दर सुन पड़ती थीं। सहमी-सहमी पल माँ को देखती, पल शेखजी को।

हाथ बढ़ा शेखजी ने सिर पर हाथ धर पूछा—

"एक बात तो याद करो बच्ची, घर से निकलते किसी ने देखा था ?"

घबराई-सी ने सिर हिलाया—"नहीं।"

"ढक्की पर कोई पहरू नहीं मिला ?"

"नहीं तो..."

"याद कर बेटी !"

धड़कते जी से कहा—

"मैं तो कोठे लाँघकर आई थी।"

शेखजी माँ की ओर देख हँसे—

"सुना मेहर, लड़की किसकी है, हमारी मेहर की तो...!"

फिर बाहर जाते-जाते कहा—

"बेटी को दूध-घी पिलाओ मेहर !"

त्रिकाल वेला माँ शेखजी की बैठक में पहर-भर बैठी रही। माँ ज़िन्दा कई बार अन्दर आई, बाहर गई। मैं बैठी-बैठी ऊब गई तो पूछा—

"तनिक चबारे तक हो आऊँ ?"

कड़ी आँखों से माँ ज़िन्दा ने हाथ से बरज दिया।

"ना-ना...लड़की, किसी को झलक भी पड़ गई तो खैर नहीं। तुम्हारे मामू और उनके कुल्लूवाले शरीक अब इस घर की ईंट-से-ईंट बजाएँगे।"

सुनकर हौल-धिड़क्की लगी। कभी माँ की पीढ़ी पर बैठती, कभी दहलीज तक जाती, कभी पलँग की बाँही पर बैठ मामियों की बात सोचती, कि उजले कपड़े पहने मेरा वीर अन्दर आन खड़ा हुआ।

पहले देखती रही, फिर लाज से आँखें झुका लीं। शेखजी-सा ही नाक-नक्श और वही रौबीला माथा !

वीर बोले तो ऐसे कि मुँह से फूल झरे—

"बहना, क्या सच ही किसी ने तुम पर हाथ उठाया ?"

ऐसे मीठे बोल सुनकर रुलाई आ गई। डबडबाई अँखियों से सिर हिलाकर बोली—

"वीरजी, झूठ नहीं कहती हूँ।"

वीर घड़ी-भर इधर-उधर देखते रहे, फिर पास आ हौले से पूछा—

"करीमूवाली बात क्या सच है बहना ?"

हाथों में मुँह छिपा लिया और सिर हिला-हिला बोला—

"यह झूठ है वीरजी...यह झूठ है।..."

पता नहीं वीरजी ने सच माना कि नहीं, पर पल्ला

उठा मुँह ऊपर किया तो देखकर हरषाई। वीरजी ऐसे देखते थे कि उनकी छोटी होऊँ। ऐसी तकनी कि भर-भर लाड़ बरसाए !

संझा पड़े अपनी बैठक की ओर जाते-जाते ठिठोली कर गए—

"बहना, अब इस घर तुम्हारी बारात चढ़ेगी।"

मैं मन-ही-मन लजाई, पर ओढ़नी मुँह में डाल हँसती रही, लजाती रही।

वीर की ऊँची-लम्बी काठी, चिट्टा दूध रंग ! पंखुड़ियों-से नैन और मीठे-प्यारे बैण !

मन-ही-मन जैसे कोई किस्सा करती होऊँ कि दबे पाँव माँ पास आ खड़ी हुई।

माँ से कुछ पूछने को थी कि माँ की कड़ी शक्ल देख डर गई।

"पाशो, करीमू के कहे घर से निकली थी ?"

कुछ सूझा नहीं, क्या कहूँ। माँ की कटोरी आँखें झपकी नहीं।

"पहले पहर उसके पास थी ?"

टुकुर-टुकुर देखती रही। मामूवाली तरेर थी माँ के माथे पर।

"हवेली तक करीमू छोड़ने आया था ?"

घबराकर कहा—

"नहीं तो...।"

"देख पाशो, झूठ न कह। इस कलह में या मेरे वीर नहीं या फिर फतेहअली का लड़का..."

दाँतों-तले उँगली दबा रुलाई रोकने लगी। सहसा माँ की आँखें लाल हो आईं।

"यहाँ तू आई किसके कहे ?"

कुछ कहूँ, कुछ कहूँ, कि गले से हिचकियाँ उठने लगीं।

"वहीं डूब मरती अरी तू, अपने-परायों की बैरिन बनकर क्यों घर से निकल पड़ी !"

आवाज़ सुन शेखजी उठ आए। झिड़ककर बोले–

"पागल हुई हो मेहर !"

माँ रोते-रोते बोली–

"शेखजी, इस घर इसका पाँव बुरा ! अपने वीर राजाओं की पत उतारनेवाली मैं ही क्या कम थी ?"

शेखजी कड़ी आवाज में बोले–

"मेहर, तुम्हारा चित्त ठिकाने नहीं।"

और वह माँ को घेर अपनी बैठक की ओर ले चले...।

आधी रात मुँदी आँखों में सपने देखती थी। ऊँची चिट्टी घोड़ी पर दोनों हाथों किसी को कसकर बैठी हूँ और सिर की ओढ़नी बार-बार उड़ती है।...

एकाएक घोड़े की चाप से चौंकी। करवट ली कि किसी ने झकझोरकर जगाया–

"पाशो, बेटी पाशो !"

हड़बड़ाकर उठ बैठी। देखती क्या हूँ, माँ सिरहाने खड़ी हैं और माँ ज़िन्दा फुसफुसाकर हौले से कहती है–

"मालकिन, शेखजी जल्दी करते हैं।"

कुछ समझी नहीं, बूझी नहीं, कि ड्योढ़ी पर हल्ला सुन थर-थर काँपने लगी। ललकार पड़ी–

"शेख, अपनी माँ के हो तो लड़की हमारी लौटा दो !"

माँ से आगे सुना नहीं गया। कानों पर हाथ रख

सिर हिला-हिला बोली—

"माँ ज़िन्दा, शेखजी से कहो, हवेली पर न जाएँ, न जाएँ !"

घबराए से शेखजी अन्दर आए। हाथ पकड़ बिछौने से उठवा लिया और धुस्सा ओढ़ा बोले—

"आओ बच्ची !"

पाँव उठाया कि माँ ने खींच गले से लगा लिया।

शेखजी ने अलग किया और थपथपाकर कहा—

"सब्र करो मेहर, रब्ब अच्छा करेगा। यही जानो लड़की सासरे जाती है।"

कहाँ जाती हूँ मैं, कहाँ जाती हूँ, कि बिजली कौंधी और मैं अपने वीर से जा लगी।

"मुझे कहीं और न भेजो वीरजी, मुझे कहीं..."

वीर ने बाँह से घेर मेरा माथा सूँघा कि शेखजी ने अलग कर कहा—

"अब देर न करो, बाहर खलकत खड़ी है। आओ बच्ची, सोच काहे की ! वीर तुम्हारा तुम्हें मिलने आएगा।"

माँ ने मेरा सिर चूमा और रोते-रोते बोली—

"जो तेरे भाग...जो तेरे भाग मेरी बच्ची !..."

बाहर मामू की कड़ी आवाज फिर ललकारने लगी। शेखजी तावली-तावली चार सीढ़ियों से हवेली के पिछवाड़े ले आए।

"सँभलकर बेटी !"

घुप्प अँधेरे में छिपा द्वार खोल नीचे उतार दिया। शेखजी ने कोई भारी तख़्ती सरकाई और अगले क्षण मैं हवेली के बाहर खड़ी थी।

तारों की लौ में देखा, सामने शेखों की मसीत थी।

एकाएक किसी ने खँखारा और घोड़ा ला सामने खड़ा किया।

शेखजी से जा लगी कि फुर्ती से किसी ने उठा घोड़े पर बिठा लिया और अगले पल बाँह से समेट घोड़ा आगे बढ़ा दिया।

कुछ सोचूँ, कि देखूँ, कि पेड़ों के काले साए आँखों पर से दौड़-दौड़ जाने लगे...।

सरगी बेला ठंडी रेती पर लेटी थी। पास कहीं घोड़ा हिनहिनाता था और इधर पीठ किए दो हाथ सिर का साफ़ा सँवारते थे।

दरिया-किनारे के सरकंडे देख सहम गई।

"मुझे कहीं मार डालने को तो नहीं ले आए बाबा ?"

साफ़े की लड़ खोंस बाबा दित्ता मेरी ओर देख बोले—

"अरी भोली, जो शेखजी ने सोचा है उसे रब्ब निभा दे तो उस बड़े घर राज करेगी राज...! मुँह गीला कर ले निक्की, अभी तो लम्बा पैंडा पड़ा है।"

पानी में पैर डाल मुँह पर छींटे दिए। बाल गीले किए और सुर्खरू हो बाबा दित्ते का हाथ पकड़ घोड़े पर जा चढ़ी।

सामने आकाश पर सर्दी का दिन खिलखिला आया और चौक-फूल-सी इतराती पहाड़ियाँ झलक मारने लगीं।

मन-ही-मन सोचती थी, कहाँ जाती हूँ, किसके घर जाती हूँ, कि बाबा दित्ते ने ऊँचे टिब्बे पर के पुराने मजार की ओर हाथ फैला कहा—

"मुराद माँग बेटी, दिवानों की ड्योढ़ी जा चढ़ी तो

यहाँ चद्दर चढ़ाना...।"

याद करके कि सासरे जाती हूँ, मन-ही-मन मनाने लगी--'चद्दर चढ़ाऊँगी, दीये जलाऊँगी, पर...'

पेड़ों के झुरमुटे में कोई कच्चा गाँव दीख पड़ा। बाबा दित्ते ने हौले से कहा--

"बच्ची, किसी ने पूछ लिया तो यही कहना, सासरे जाती हूँ।"

शरमाती रही। लजाती रही। फिर वीर की याद आई। झिझककर धड़कते दिल पूछा--

"बाबा, माँ वीर का ब्याह कब रचाएगी ?"

"बीबी रानी, जब तेरे सुख की ठंडी खबर उसे जाएगी।"

गाँव-हाट के सामने किसी ने ऊँचे गले पूछा--

"सज्जनो, किधर ?"

बाबा सिर हिला हँसे--

"यही अम्बरवाल तक लड़की को पहुँचाने जाता हूँ।"

शिखर दुपहरी धूप में चमकते गाँव के बाहर-बाहर ही ऊँची ढक्की तले बाबा ने घोड़े की रास खींची, छलाँग लगाई तो समझ गई, जहाँ से मेरे सुख की खबर माँ को जानी है, वह जगह यही है, वह घर यही है...।

दिवानों की बैठक मुझे रात आई तो बड़ी ड्योढ़ी ही नहीं, ऊँचे पलँग जा परवान हुई। पल-पल सिमटती, पल-पल उमड़ती। वहीं बैठी, वहीं लेटी, वहीं तड़का हो गया।

बड़े घर की चद्दर ओढ़ डोले में बैठ, बैठक से दिवानों की हवेली चली तो कच्ची-दूध मेरी देह मीठी अँगड़ाइयाँ लेती रही। पालकी में बैठी हूँ--मैं पालकी में

बैठी हूँ...!

कहारों ने पालकी ड्योढ़ी में जा उतारी। पल्ला उठा किसी ने अन्दर झाँका और गोखरू-भरी दो बाँहें मटका कहा–

"आओ री ओ दूर की मालिन, तेरी झोली में हरी-भरी छाँह..."

डोले में से निकली और कहनेवाली के पाँव जा लगी।

"ठंडी रह, साईं जीवे...रब्ब..."

आगे कुछ सुना नहीं गया। आँखें ढाँपने से, आँचल का छोर ढूँढ़ने लगी कि किसी ने सिर पर पल्लू खींच, घूँघट काढ़ दिया। कोई खिलखिलाती आवाज आई–

"बड़ी मौसी, पूछ तो इस चम्बे की मालिन से, किन बागों से आई है।"

मौसी ने झिड़की दी–

"चुप री, खत्राणियों की जाई से यह पूछना...इसके वीर की उजली पगड़ी पर केसर...!"

सुनकर जाने क्या हुआ कि छम-छम रोने लगी। पहले आँसू बहे, आँचल भीगा, फिर हिचकियाँ उठ आईं।

दूर-पार वालियों से अलग कर मौसी ने मुझे छोटे पसार ला बिठाया। कपड़ा उठा मुँह देखा और होंठों में पूछा–

"गई रात क्या बेटे के मुँह लगी ?"

हाथ में मुँह छिपाए रही। पीठ पर हाथ फेर मौसी समझाकर बोली–

"डोल न बेटी, छूना-नहाना तो इस तन से लगा ही है। यह तो कह, पीछे का नाम क्या है बीबी रानी ?"

"पाशो !"

"सो भला, इस घर के लिए तो तू मालन !... अब नहा-धो, तनिक नींद ले, फिर गहना-कपड़ा पहन... ।"

खुशी से मन हल्का हो आया। गहने...कपड़े...!

ढली दुपहरी मदमाती नींद से जागी तो मौसी गोटे-जड़ा गुलाबी जोड़ा ले आई और ले आई ढेर-से गहने—बाँहों के जड़ाऊ कड़े, गोखरू मोती-जड़ी मुँदरियाँ, आरसी, नाक की शिकारपुरी नथ, कानों के पीपल-पत्ते, सिर के चौंक, फूल और मौली ! सज-सँवर पीढ़ी पर बैठी तो पास खड़ी मौसी ने सिरवारना कर माथा चूम लिया, "मैं सदके जाऊँ !"

मुँह-दिखाई से झोली भर गई।

"ऐसा रूप कभी देखा-सुना नहीं," मौसी नखरे से सिर हिलाती, "अरे मन्नौतियों की बहू है मेरी ! बेटे की कहीं आँख भी टिकती थी !"

जी धक्-धक् करने लगा। जिनकी बैठक में रात-भर टिकी थी, वह तो किसी के बेटे-से नहीं दीखते थे। पका-पका चेहरा...

सिर पर रात फिर उतर आई। मौसी ने बादाम-पिस्तेवाले दूध का कटोरा थमाकर कहा—

"पली-पलाई है री मालन, मेरे बेटे को खुश करना सीख।"

दिवानजी अन्दर आए तो मैं मौसी के कहे लम्बा घूँघट निकाले पलँग के पैताने बैठी थी। दिवानजी पास बैठ हँसे, और कपड़ा उठाकर बोले—

"बड़ी देरों से दीखा यह मुखड़ा...पगली, यहाँ दिल लगा ?"

क्षण-भर को लगा दिवानजी नहीं, शेखजी मुझसे यह

पूछते हों। आँखें छलछला आईं। टप्प से एक बड़ी बूँद नथ की वाग में आ अटकी।

दिवानजी पल-भर देखते रहे, फिर एक हाथ सिर पर रख दूसरे से तनिक नथ उठा मुँह पोंछ दिया।

''क्या मौसी ने कुछ कहा ?''

''नहीं-नहीं...'' सिर हिला, भर्राए गले से बोली, ''मैं तो पीछे को रोती हूँ ! कहीं मामू तो न ढूँढ़ने चढ़ धाएँगे ?''

गले से लगा दिवानजी हँसकर बोले—

''अरी भोली, जहाँ मैं और मेरे मित्र प्यारे शेखजी हों वहाँ किसी और की नजर कैसे पहुँचेगी ?''

अगले दिन बड़ी बेला दिवानजी बैठक जाने लगे तो सिर पर लाड़ से धौल दे बोले—

''नन्ही लाडो, आज क्या भेजूँ तुम्हारे लिए ?''

मैं लजाई-लजाई-सी हँस दी।

मौसी जान गई कि शेखजी की उम्र के दीखनेवाले दिवानजी के मन को भा गई हूँ। पास-पड़ोस दूर-पास की औरतें नित-नित देखने आतीं और सराह-सराह लौट जातीं। कई बार सोचती, कोई जानता भी है, यहाँ कैसे पहुँची हूँ।

मौसी कहती फिरती, 'अरे कब की बात चलती थी, पर घड़ी को कौन आगे-पीछे कर सकता है। मेरे राजे समधियों का नाई शाम को सगुण ले आया और रात-ही-रात, लखपत कर्मोंवाली को ब्याह लाया !'

सुननेवाले इसे सच मानते कि नहीं, नहीं जानती, पर मौसी से कुछ पूछने की जुर्रत न पड़ती।

मैं गहने-कपड़ों से लदी दिन-रात अपने दिवानजी के

लाड-चाव में इठलाती !

संझा दूज का चाँद देखने कोठे पर चढ़ी। कूजों का थाल लिये गोमा पीछे खड़ी थी। खुले-निथरे आकाश पर रुपहली चाँदी का छोटा सा लिशकारा पड़ा। हाथ जोड़ सिर नवाया और मुँह मीठा कर आँचल सँभालते-सँभालते नीचे उतर चली कि दिवानजी की आवाज सुन पड़ी। सिर का कपड़ा माथे तक खींच लिया और लजाकर गोमा से पूछा–

"इधर तो न चले आएँगे...!"

"गोमा, बहू को थाल पकड़ा नीचे तो आ !"

मौसी की समझदारी पर खुश हुई। हाथ में थाल लिये खड़ी रही कि दिवानजी पास चले आए।

इधर मैं, बीच में टिका मिश्री का थाल और उधर ऊँचे लम्बे मेरे दिवानजी !

"मुँह मीठा करें जी..."

दिवानजी ने झुककर मिश्री का टुकड़ा मुँह लगाया और सिर हिला-हिला कहा–

"सच ही में चाँद दीखा, सच ही में मालन..."

फिर हौले से मेरे कर्ण-फूल छू बोले–

"मालन, मौसी जो कहती है, क्या वह सच है ?"

सिर झुका ओढ़नी में मुँह छिपा लिया। मुँह ऊपर उठा आँखों से लाड़ बरसा, दिवानजी ने फिर पूछा–

"सच है मालन ?"

संकोच से सिर हिलाया–

"मैं तो कुछ जानती नहीं दिवानजी, मौसी ही जानती हैं।"

दिवानजी बड़े सयानों-सा हँसे।

"मालन, एक बार शेखजी के यहाँ तुम्हारी माँ की झलक पाई थी। बस यहाँ लौंग के पास तिल नहीं, बाकी वही मुखड़ा, वही भोलापन, वही रंग...!"

दिवानजी के जामे के बीड़े टटोलती रही और मन-ही-मन खुशी में भीगती रही।

मौसी जाने क्या-क्या कूट-छान पिलाती, लाड़-प्यार बरसाती ! कभी दिवानजी पास बैठे देर तक हुक्का पीते रहते तो मौसी अन्दर आ बोलती–

"उठो लखपत, बहू का जी अच्छा नहीं। तुम तो फिर से दस-बीस बरस पीछे लौट गए...!"

दिवानजी मेरी ओर ताकते और और-सी हँसी हँसते। उन्हें बाहर जाते देखती तो मन-ही-मन कहती, "यही मेरे सिर की सरदारी है ! यही मेरा भाग सुहाग है...!"

मौसी ने न चौके-चूल्हे लगाया, न काम-धन्धे। जब कभी पूछती तो लाड़ से बोली मारती–

"अरी लाडो, ऊँचे पलंग चढ़ आराम कर और बेल बढ़ा दिवानों की।"

पलँग छोड़ पीढ़ी लेती, पीढ़ी छोड़ पलँग। न कुछ करती, न धरती। मन-ही-मन सुख पाती...मैं तो रानी बन राज करती हूँ। भला हो मेरे अच्छे बाबुल का, जिसने इस घर परणाया !

खाली बैठी-बैठी ऊब गई थी। मौसी से पूछा–

"मौसी, मानो तो 'फुलकारी' छोह लूँ ! एक-एक कली भी डालूँगी तो अगले 'सयाले' निबड़ जाएगी।"

मौसी खुश हो पहले हामी भरने को हुई, फिर झट बात परत बोली–

"न...न...बीबी रानी, लड़कियोंवाले काम नहीं। गोद में तेरी लाल पड़े, तू क्यों ऐसे काम करे ?"

सुनकर मौसी की बात परताई नहीं। गोद पर अपना आँचल फैला मन-ही-मन लजाती रही।

नए पख 'करवाचौथ' आनी थी।

घर-भर गहमा-गहमी मची। सुनार बुला मौसी ने हाथों की लच्छियाँ घड़ने दीं और साथ दिया सतलड़ी हार ! गुलाबी दरियाई के सुच्चे जोड़े की जाल-भरी ओढ़नी आँखों में बस-बस गई। ऐसी खुश हुई, ऐसी निहाल हुई, कि मौसी के पाँव जा लगी।

मौसी आशीष दे हँसने लगी। फिर झूठे तेवर चढ़ा झिड़ककर बोली–

"मेरा क्या भरोसा री मालन, मैं तो तेरी बैरिन सास ! कभी जल-कुढ़ गई तो धुएँ-सी धुखने लगूँगी ! पुण्य कमाना है तो अपने धनी के पाँव लगा कर !"

मौसी की बात सचमुच ही मन लगी। दिवानजी के पाँव लगने का मन में भर-भर चाव उठा। धार लिया अब दिन चढ़ते 'पैरी-पौना' किया करूँगी।

प्रभाती उठी। नहा-धो ठाकुरों को माथा टेक अन्दर आई तो पलँग पर विराजते दिवानजी के पाँव जा लगी।

"हैं...हैं...यह क्या मालन ?"

दिवानजी ने हड़बड़ा पाँव समेट लिये और खींच मुझे पास बिठा लिया। पीठ पर हाथ फेर बोले–

"अरी पगली, इस सिर पाप चढ़ाओगी ? तुम तो आप ही देवी..."

हाथ बढ़ा मुँह पर रख दिया और सिर हिला कहा–

"ऐसे न कहें दिवानजी ! मैं तो इस घर की

चाकर !"

दिवानजी कई पल यह अँखियाँ निहारते रहे और सिर हिलाते रहे।

"मालन, तुम्हें तो इस घर के भाग खींच लाए। भला हो सज्जन-प्यारों का ! शेखजी ने तो मेरे हाथ हीरा थमा दिया !"

दिन-भर दिवानजी के सुहाग-भरे बोलों पर रीझती रही। जिस घर मुझ नमानी की इतनी कद्र, मालिक उसे रंग लगाए, चढ़ते दिन दिखाए !

दुपहरी मौसी की मिन्नत कर बोली–

"मना न करना मौसी, आज तुम्हारे सिर घी रचाऊँगी।" और पीढ़ी खींच मौसी के पीछे जा बैठी।

मौसी झुरने लगी–

"सिरफिरी ! बीबी रानी, इस बुढ़िया के सिर से दूर ही रह ! बान पड़ी तो रात-रात-भर उठने को तरस जाएगी और लखपत मेरे कपाल को रोएगा !"

घी-सने हाथों मौसी की बाँहें मलने लगी तो आशीष मिली–

"सतपुत्री हो, भाग लगें !"

फिर सिर पर हाथ फेर कहा–

"इन दिनों इस ठठरी का ध्यान न दिया कर ! कहीं लड़की ही आई तो मालन, मुझसे बुरा कोई न होगा ! माँ-बेटी दोनों को तबेले डाल आऊँगी। समझी !"

नरम-नरम हाथों मौसी को सुखी करती रही और मन-ही-मन सुख पाती रही।

नीचे 'कड़ाह' चढ़ा और छोटे-बड़े मट्ठे उतरने लगे। सरगी का मीठा थालों और चँगेरों में जमने लगा।

हाथों-पैरों सगुणों की मेहँदी रचा बैठी तो चित्त पीछे जा भटका। कलेजे हूक-सी उठी। माँ ने सरगी का सगुण तक न किया। मामू और मामियों की बात सोचने लगी तो मन में राग-रोष कुछ न उपजा। उन सबके लिए जी छलछला आया। ऐसा कि उड़ती जाऊँ और सबके गले जा मिलूँ ! यह तो बताऊँ, मैं सुखी हूँ, खुश हूँ और इस घर राज करती हूँ !

संझा तुलसी-तले दीया जला दिवानजी की बैठक की ओर मुड़ी कि हवेली के आगे ऊँटों की घंटियाँ टनटनाईं। झरोखे में से नीचे देखने लगी कि मौसी की आवाज पड़ी–

"बधाई री मालन, कर्मोंवाला तुम्हारा वीर आया है।"

अँखियाँ घिर आईं और खड़ी-खड़ी खुशी में काँपने लगी। वारी उन राहों से जिन पर से मेरा राजा वीर इस ड्योढ़ी पहुँचा है ! वारी इस सुलच्छी घड़ी जिसने यह मीठी खबर सुनाई !

मौसी पास आई और तावली से हाथ हिला बोली–

"ढंग की ओढ़नी ले मालन, सज्जनों का लाडला ऊपर आता है।"

अँगूरी बेल की ओढ़नी ओढ़े बाहर आई तो दिवानजी के संग खड़े मेरे मोहने वीर पर से मौसी बेल न्योछारती थी।

"सदके, मैं सदके अपने लाल पर ! देख री मालन, इस आँगन तो चाँद चढ़ आया !"

झुक मेरे वीर ने मुझे 'पैरीपौना' किया तो दिल में प्यार उमड़ आया, पर सबके सामने सकुचाई-सी खड़ी रही।

दिवानजी वीर को नई बैठक बिठाकर आए तो हँसकर बोले–

"मालन, दरिया पार से तुम्हारा वीर आया है। अन्दर जा कुछ बात करो, सुख-साँद पूछो...!"

नीचे से भर-भर सामान आने लगा। मीठा, मिठाई, कच्ची-पक्की रसद, मेवे, बादाम, कपड़े-लीड़े; ओसारे में कोई जगह खाली न दीखती थी। देखकर मन-ही-मन निहाल हुई। ऐसे लगे कि आज ही ब्याह के आई हूँ; आज ही डोले से उतरी हूँ।

मौसी दास-दासियों को सुना-सुना कहने लगी–

"लो, देखो मेरे समधियों के चलन, सारा दिसावर ही यहाँ भिजवा दिया...! अरे लाड़ की लड़की ठहरी..."

निहाल हुई-सी ने कपड़ा माथे तक खींच लिया और आँचल आगे को फैलाए अपने वीर से मिलने चली।

ऊँचे पलँग पौढ़ते मेरे वीर आले का चौमुखा दीया निहारते थे। चूड़े की छनकार सुन माँ की-सी मीठी दीठ से देखा और हँसकर कहा–

"बहन तो पूरी घरनी हुई !"

आँखें नीची कर सबकी सुख-साँद पूछी–

"पीछे सुख तो है ? माँ, शेखजी..."

वीर ने सिर हिला दिया–

"सभी बहना, सब खैर है !"

छन-भर को सोचने लगी अब क्या पूछूँ, कि वीर मेरे हँसे, फिर नेह से कहा–

"दिवानजी तो मन भा गए न बहना ?"

गुमसुम बनी लजाती रही। एकाएक अपनी ओर आता वीर का हाथ देखकर चौंकी। मेरे हाथ पर चाँदी की मोर-पंखी सुरमेदानी थी। सँभलकर पूछा–

"यह क्या माँ ने भेजी है ?"

"यह तो अपनी ओर से मैं ही..."

जाने कितनी ममता उमड़ आई ! सुरमेदानी को चूमकर बड़ी-बूढ़ियों-सी बलैयाँ ले बोली–

"वारी जाऊँ अपने वीर पर..."

झिझक दूर जा पड़ी। भाई के लहरिएदार चीरे की फबन देख मान से मुस्कुराई।

"वीरजी, माँ ने मेरी लाडली भाभी का ठौर किया कि नहीं ?"

वीर हँसे–

"बहना, उसकी तो घर-घर ढूँढ़ मची है। जाने बिचारी किन पठारों के पार छिपी है !"

"वीरजी, पराई बेटी की अभी से इतनी चिन्ता !"

दोनों मिल हँसते रहे।

सहसा ध्यान पिछले घर भटका। सहमे-सहमे पूछा–

"मामू के यहाँ तो सुख है ?"

वीर घड़ी-भर चुप रहे, फिर धीमे कंठ बोले–

"बहना, तुम्हारे आए पीछे तो अपनी हवेली संग्राम आ छिड़ा। दोनों मामू पूरा सर्राफा ले हवेली आ धाए और शेखजी को ललकार बोले–

'रब्ब को हाजर-नाजर जान यह कह दो शेख कि लड़की इस घर में नहीं।'

"छोटे मामू हाथ फैला-फैला चिल्लाए–

'इस घर से खत्रियों की जाई निकलेगी या फिर उनकी अरथी !'

"पंच सयाने बीच पड़े तो बड़े मामू ने थूककर कहा–

'आज लड़की न ले जाऊँ तो इसे उठाऊँ !'

''शेखजी सोच में डूबे, जैसे अपने से ही सलाह करते रहे, फिर पंचों की ओर मुड़ बोले—

'पंच सयानों की नजर मेरे सिर ! मैं ड्योढ़ी में खड़ा हूँ। जो चाहे हवेली की तलाशी ले।'

''पंचों ने सिर हिला हामी भरी।

''बड़े मामू ने रत्ती आँखों से एक बार शेखजी की ओर घूरा और खड़कते पाँव अन्दर चले।

''हवेली, पसार, बैठक, कोठरी, चोर दरवाजे... एक-एक छान मारे ! बड़े मामू माँ के पसार की ओर बढ़े तो ड्योढ़ी पर से माँ ज़िन्दा ने हाँक दी—

'मालकिन, तुम्हारे लाडले के मामू इस देहरी खड़े हैं।'

''माँ थर-थर काँपने लगी।

''बड़े मामू दहलीज के बाहर ठिठक गए और छोटे एक आँख का पसार देख छिलते कंठ बोले—

'यह पटरानी-सी लहरें-बहरें उस घर कैसे मिलतीं ?'

''माँ ने बड़े मामू के पैर पकड़ लिये और रोती चलीं...।

'अपनी मरी बहन से बदला न लो वीरजी, मैं तो उसी दिन मर-खप गई थी।'

''मामू ने निर्दयता से दुत्कारकर कहा—

'अरी वैरियों की, मैं जीते-जी तुम्हारा मुख न देखूँ !'

''भू पर पड़ी अपनी रानी-सी माँ को देखा नहीं गया।

''शेखजी झिड़ककर बोले—

'पागल हुई हो मेहर !' और हाथ बढ़ा माँ को उठा लिया।

''माँ ने शेखजी के आगे हाथ बाँध लिये।

'मेरे वीरों को कुछ न कहें शेखजी ! मैं ही बुरी हूँ ! मैंने ही उनकी पत्त नहीं रखी !'

''लाल-लाल आँखें किए दोनों भाई सीधे चुप थम्म-से खड़े रहे कि सरपंच सावन शाह ने साफे की लड़ से आँखें पोंछ बड़े मामू को थपकारा दिया–

'बरखुरदार, लिखियाँ किसने मिटाई हैं ! लाख करो, सगे अंग संग ही लगे रहते हैं !'

''फिर माँ की ओढ़नी छू कहा–

'बीबी रानी, भाई तेरी ड्योढ़ी खड़े हैं, उनकी खैर-सुख पूछ !'

''बड़े मामू ने काँपता हाथ माँ के सिर पर रखा और भर्राए कंठ बोले–

'निज हम-से भाई होते निज होती तुम-सी बहन...'

''शेखजी मान से मामुओं को अपनी बैठक लिवा ले गए तो माँ सिर हिलाकर माँ ज़िन्दा से कहने लगीं–

'किसी जुग के पुण्य थे माँ ज़िन्दा, नहीं तो जीते-जी अपने वीरों को देख पाती ? इनके दरसों को तो मैं सहकती थी।'

''शेखजी से सुनकर, कि बहना तुम दिवानों के घर जा चढ़ी, बड़े मामू ने गीली आँखों साफा छू शेखजी के आगे सिर नवा दिया, 'शेखजी, हम अभागों की पत जो एक दिन सिर से उतर गई थी, यह आपने लौटा दी ! शुक्र है...शुक्र है, मालिक का...लड़की हमारी कुलीन घर जा बैठी...!' ''

रात पड़ी-पड़ी ने सौ बार माँ को याद किया, सौ बार नानी को याद किया और याद किया अपने मामुओं को।

मुझ अजानी ने न तो कुछ सोचा, न समझा और उस रात घर से निकल पड़ी। शेखों की हवेली जाने की मत उस रात मन में न पड़ती तो रब्ब जाने आज कहाँ होती ! मामू और मामियों के लिए जी तरसा। अच्छी-बुरी जो भी कहते थे, मेरे सगे-सम्बन्धी तो वही थे !

बचपन के मीठे दिन आँखों के आगे घूमने लगे।

कभी नहला-धुला नानी लीड़े बदलती तो प्यार से सिर पर धप्पा मार बड़े मामू कहते, "गुडूडी-सी बनी चुपचाप ऐसी बैठी रहती है, जैसे कोई भोली-भाली सुरगों की देवी हो !"

पहले दिन नाक-कान बिंधवाकर आई तो नाक में बँधा काला डोरा देख मामू बोले, "माँ, मेरा कहा करो तो पाशी के नाक-कान काले नग डलवाओ; इस चिट्टे दूध रंग पर तो ऐसे फबेंगे...!"

नानी हाथ से रोक दे बोली, "शुभ-शुभ बोलो बेटा, इस रूप पड़ें हीरे-मोती !"

लाड़ से मेरी चुटिया खींच मामू बार-बार गुदगुदियाँ करते, मैं बार-बार उनके कन्धों में मुँह छिपा खिलखिलाती।

बड़ी जल्दी बीत गए वे लाड़-प्यार के मीठे दिन। नानी के बिस्तर में सोती-सोती ही ऊँघ हो आई। न बचपन रहा, न बचपन की खुली लहरें-बहरें !

जितनी बार छोटे-बड़े मामू के आगे पड़ती, उतनी बार किसी-न-किसी बात पर टोक होती।

नहा-धो कुएँ से ऊपर आती, तो नाइन से बाल गुँथा उठती; सुथरे लीड़े पहन खुशी होती, तो मामू की तरेर पीछा न छोड़ती। नानी सिर पर टोहके दे-दे याद दिलाती—'अरी आगे ढंग से कपड़ा किया कर।'

मामियों की तीखी नजरें भी चोट करने से न

चूकतीं। मैं खुश-खुश होती तो कहतीं—'निठल्ली बैठी है, कुछ काम-धन्धे लग।' चक्की चलाती तो कहतीं—चरखा रख। चरखा छूती तो कहतीं—भाँडे मल। भाँडे मलती तो कहतीं--छाज ले छाँट कर।

सुनती रहती...सुनती रहती। न कुछ समझती, न कहती। बस अकेली बैठी-बैठी सोचती रहती। न बड़ी होती, निज बड़ी होती...।

एक दिन चाव-चाव सहेलियों के संग पूर्णमासी के नहान से लौटी तो ओसारे में पाँव रखते ही सहम गई। थम्म के साथ खड़ी नानी मेरी ही राह तकती थी। नानी कुछ कहे, कि बड़ी मामी टंकार से चौके में से निकल आई—

"अरी मर जाए, तुझे अनोखी जवानी चढ़ी है। कहाँ थी अब तक ?"

चुप-चपीती-सी कदम उठा पसार की ओर जाने लगी तो छोटी मामी ने झपट पीछे से खींच लिया—

"कुछ तो मुँह से फूट ? कहती क्यों नहीं, अब तक थी कहाँ ?"

छोटी मामी की ओर मुँह कर बोली—

"मामी से ही पूछकर तो बिशनो, प्रेमो के साथ गई थी जोड़-मेले...!"

छोटी मामी हाथ फैला-फैला बरसने लगी—

"वाह री मेरी लाडो, तेरे भोले लच्छन ! उन नासहोनियों के संग जाने को कहा था, पर यह नहीं कि सर्राफे के शोहदों के संग जा आँखें मिलाओ !"

क्या-क्या न सुनती थी उन दिनों ! पर वे पुरानी कड़वी बातें अब क्यों याद करूँ ? माँ के कहे तो मामू मेरे सच्चे ही थे। खुश रहें, बसें, रसें मेरे पिछले सम्बन्धी !

क्यों सोच करूँ ?

आज के सोहणे दिन तो सन्देसा ले मेरा वीर मेरे घर आया है। यह घर मेरे राजे का और चाकरी बजाने को मैं उनकी महारानी !

दिवानजी आज वीर के संग बैठक पौड़ते हैं—सोच-सोच मन में खूब लजाई।

जब-जब आँखें मूँदती, दिवानजी की आहट सुन पाती। रात-भर यही लगता रहा, दिवानजी पास आने को हैं !...

भोर बेला दिवानजी वीर को टोलियों तक घुमाने ले गए तो मौसी के कहे नहा-धो सुच्चा जोड़ा पहन चौके आ बैठी। चाटी में मट्ठा उँडेल मौसी ने पीढ़ी पास खींच दी और समझाकर कहा—

"मालन, यह न समझना तुम्हारे वीर के आगे कुछ स्वाँग भरती हूँ, पर दूध-दही में तुम्हारा हाथ है, जानकर तुम्हारी माँ सुख ही पाएगी। आज दूध तुम ही बिलोओ।"

रांगली चाटी पर रांगली मथानी ! पैर की टेक दे दूध बिलोने लगी। छन...छन...चूड़े का छनकार उठता और दही की नन्ही कनियाँ उड़-उड़ चाटी पर बिखरतीं।

दिवानजी के संग वीर ऊपर आए तो मौसी हाथ फैला बोली—

"लखपत, तेरी नवेली की रौ, देखो तो क्या मूरत-सी बनी मथानी हिलाती है !"

कपड़ा आँखों तक खींच लिया। दिवानजी हँसे—

"लाली शेख, तुम्हारी बहन सासरे में पल-भर भी आराम नहीं पाती। मुँह-अँधेरे उठती है तो निर्दयी सास दूजे पहर तक सोने नहीं देती।"

मौसी ने बोली मारी–

"अरे लखपत, सच कहो, मैं तो ठहरी जुल्मी तातार, पर इन्हीं जुल्मों तो! तेरी बहू के मुखड़े पर रंगत फिरती है !"

फिर वीर की ओर मुड़ कहा–

"सुना बेटा, मैं तो तुम्हारे बहनोई को आँख नहीं भाती। इस भोली बालड़ी को सिखाती-समझाती हूँ तो मुझे ही उसकी बैरिन गिनता है।"

दोनों को संग-संग बिठा मौसी बोलियाँ मारती रही, ठिठोलियाँ करती रही और कटोरों में छाछ-मक्खन भरती रही। ज़रा हटकर दिवानजी की ओर घूँघट की ओट किए मैं आँखों-ही-आँखों में अपने वीर से बातें करती रही, मन्द-मन्द मुस्कुराती रही।

दुपहर ढलते वीर जाने को तैयार हुए। उनके पास आई तो अँखियाँ थमती न थीं। कुछ कहने को होती, फिर आँखें पोंछती, फिर कुछ कहने को होती...।

"बहना, जी न बुरा करो। बड़े कोट से लौटती बार तुम्हें मिलने आऊँगा।"

रोते-रोते ठिठक गई।

"इतनी दूर काहे जाना है वीरजी ?"

वीर पहले झिझके, फिर समझाकर बोले–

"बहना, बड़ा नगर ठहरा, वहाँ तो आना-जाना लगा ही रहता है।"

पहले सँभली, फिर ध्यान कहीं जा भटका। साँस रोके पूछा–

"कहीं लड़ाई तो नहीं छिड़ी वीरजी ?"

वीर कुछ कहना न चाहते थे, फिर योद्धाओं-सा मुस्कुराकर बोले–

"बहन हमारी लड़ाई से डरने लगी ?"

"न...न...वीरजी उस ओर मुख न करना, वैरियों के बीच न पड़ना।"

वीर ने मेरे कन्धे पर हाथ रखा।

"बहना, शेखों का लड़का हूँ तो क्या, माँ तो खत्राणी है !"

सब समझ गई। हाथ पकड़ वीर का, अर्ज की–

"स्वास-स्वास वीर की घोड़ी की राह तकती रहूँगी; इस बहन को बिसरा न देना।"

"पैरीपौना," कर वीर नीचे उतर गए तो मन-ही-मन सगुण मनाती रही। मेरी माँ का दुलारा हँसता-खेलता आए ! मेरी साध-सद्धरों का भाई इन्हीं राहों वापस आए।

नहा-धो चौके चढ़ी तो नारियल और कूजों के ढेर में छोटा सा घूँघट काढ़े मन-ही-मन खूब भीगी। काले चोले में लिपटा मेरा लाडला चिट्टा दूध दीखता था।

मौसी से ले दिवानजी ने बेटे को ठाकुरों की झोली डाल दिया और हँसकर बोले–

"सीधी नज़र हो आपकी गुसाईंजी, पोथी बाँच नाम का शुभ अक्खर निकालिए।"

खुशियों का 'ख' निकला। गुसाईंजी ने आँखें मूँद वाणी पढ़ी और ऊँचे स्वर में उच्चारण कर कहा–

"बधाइयाँ-बधाइयाँ, लखपतराय का बेटा खुशवन्तराय !"

मौसी ने बलैयाँ लीं। दिवानजी ने बेटेवाले बाप का गर्व-भरा सिर शील से झुका लिया और मैं चुपके-से होंठों में ही दुहराती रही, 'खुशवन्त...खुशवन्त...दिवानों का बेटा खुशवन्तराय...'

लाडले को बाँह से घेरकर लेटती तो दूध भर-भर आता। आँखों से वह नन्हा मुखड़ा देखती तो फाँकों-से गुलाबी होंठोंवाले पुतले को बार-बार चूमने को मन होता।

घी चुपड़ नन्हे को धूप में नहलाती थी कि आवाज सुन दिवानजी उधर चले आए। हँसकर बोले—

"मालन, क्यों रुलाती है ? ध्यान रहे दिवानों का यह बेटा रुलाइयों का बदला तुमसे जरूर लेगा।"

ठुमककर कहा—

"सच कही दिवानजी, माँ उसकी ठहरी पराए घर की बेटी...!"

दिवानजी जोर से हँसे और चारपाई पर बैठते हुए बोले—

"तुम्हें मान लिया मालन, बेटे के बहाने उसके बाप को उलाहना देती हो !"

नहला-धुला काजल की टिकुली लगाई और दिवानजी की झोली में डाल दिया। दिवानजी के बड़े-बड़े हाथों में छोटा सा बेटा देख हैरान रह गई। रुक-रुककर अचम्भे में कहा—

"दिवानजी, यह तो बहुत ही छोटा है...बहुत ही..."

"और मैं बहुत ही बड़ा; क्यों न !"

दिवानजी की हँसी दिल पर आ लगी। ठीक-ठीक कुछ सूझ नहीं पाया। मुन्ने को ले खेस पर लिटाया और सिर का कपड़ा सँभाल दिवानजी के पास खड़ी रही।

कई पल मेरी ओर ताकते रहे, फिर लम्बी साँस लेकर बोले—

"मैं तो खुशी-खुशी खुशी को देखने आया था, मालन..."

मैं न कुछ कह पाई, न सुन पाई। बस अँखियाँ घिर आईं।

बाँह फैला दिवानजी ने पास बिठला लिया और सिर पर हाथ रखकर बोले–

"इस घर का चम्बा खिल आया मालन, अब सोच काहे की ?"

मैं हँस दी और दिवानजी का हाथ छू सुहाग से बोली–

"मुझे नई मुरकियाँ गढ़वा दें दिवानजी ! मुन्ने की सौ-सौ खातिरें और मेरी एक नहीं !"

दिवानजी सुन-सुन मुस्कुराते रहे और आँखों से कुछ कहते रहे।

अगली रात मुन्ने को सुलाकर पड़ी तो दिवानजी ने बुला भेजा। पसार से ही उनकी बैठक की ओर जाती थी कि मौसी ने दहलीज पर खड़े-खड़े तीखी नजर फेंकी। रोककर धीमे से कहा–

"बीबी रानी, ज़रा ध्यान से ही, मुन्ना छोटा..."

आँखें नीची कर धड़कते जी पैर उठा लिये।

दीवट के उजाले में मेरे दिवानजी ऊँचे पलँग पौढ़ते थे। पास पड़े हुक्के की चिलम ठंडी पड़ी थी। सकुचाई-सी किनारे जा बैठी। दीवानजी उठकर बैठे नहीं; लेटे-लेटे छत की ओर देखते रहे।

"मौसी मुन्ने के पास है न ?"

जो कहने को थी, नहीं कह सकी। आले पड़े दीवे की लौ ऊँची-नीची हो काँपती गई। गले में जैसे कोई अटक आ पड़ी।

मालन...

दिवानजी के बोल नहीं, दिवानजी मुझे पास बुलाते थे।

ओढ़नी अलग हो गई तो दिवानजी का हाथ रोक उनकी छाती से जा लगी। काँपती-सी बोली–

"आज नहीं दिवानजी...आज नहीं..."

उस ठिठकी-सी घड़ी में इतना ही सुना–

"क्यों मालन ?"

और भी साथ लग होंठों-ही-होंठों में बोली–

"मौसी मना करती है दिवानजी !"

दिवानजी छोटी सी हँसी हँसे और ऊपर उठा इस मुख को देर तक निहारते रहे। दिवानजी से लगी कब सोई, कहाँ खोई, कुछ पता नहीं। ऐसे जान पड़ा जैसे कोई मीठा सपना देखती होऊँ।

साज-सिंगार से सजी-बनी किसी ऊँचे चौबारे चढ़ झरोखे में से देखती हूँ। बाजे-गाजे के साथ दिवानजी मुझे ब्याहने आते हैं। चिट्टी घोड़ी पर सेहरे बाँधे दूल्हे को देख सखी-सहेलियाँ ठिठोली करती हैं–'क्यों री पाशो, अपने राजे की झलक तो ले...।' मैं लजाई-शरमाई अपने चूड़ेवाले हाथ आँखों पर रख लेती हूँ कि कहीं से मौसी की कड़ी आवाज सुन पड़ती है–

"मालन, उठ जल्दी कर, मुहूर्त टला जाता है।"

तावली से उठ खड़ी होती हूँ कि सहेलियाँ कहीं दीखती नहीं। झरोखे से नीचे झाँकती हूँ कि घोड़ी पर दिवानजी नहीं।

घबराई-सी मौसी को पुकारती हूँ। ठुड्डी पर हाथ रखे मौसी पास आ कहती है–

'अरी, तेरी बाँहों के चूड़े क्या हुए ?'

दिवानजी कहाँ हैं...मेरे चूड़े कहाँ हैं...

शौदाई-सी बनी इधर-उधर देखती हूँ। कुछ न पा ऊँची-ऊँची रोने लगती हूँ ! दिवानजी...दिवानजी...!

आँख खुलते ही कलेजे हूक पड़ी ! 'वाहगुरु, इस गरीबनी को आपजी की ओट !'

उठी। चद्दर ओढ़ बाहर जाने लगी तो मुड़कर दिवानजी की ओर निहारा। रब्ब का नाम ले मन-ही-मन रक्ख मनाई।

ऐसी नजर सीधी हो सच्चे पातशाह ! मेरी ज़िन्द रहते, जब-जब प्रभाती उठूँ, मेरे दिवानजी इसी सेज पौढ़ते रहें !

तावली-तावली नहा-धो धर्मशाला जा माथा टेका। लौटी तो ड्योढ़ी पर मौसी मिली।

"मालन, आज इतनी सवेरे ?"

मौसी से कुछ कहने को हुई, रुकी, फिर बोली—

"मुन्ना तो न जगा था ?"

"बीबी रानी, तुम किन ध्यानों में ? लाल तो यह रहा मेरी झोली !"

पाँव उठाया तो हाथ से रोककर मौसी बोली—

"रुक मालन, अभी आती हूँ, माथा टेक !"

संग-संग दोनों बाहर निकलीं तो सोच में मौसी ने कहा—

"रब्ब खैर करे बीबी रानी, रात-भर जाने किस चिन्ता-फिकर नींद नहीं आई। जब-जब आँख लगे, यही दीखे, रोता-करलाता सारा जहान इस हवेली के आगे टूट पड़ा है...!"

पाँव मन-मन भारी हो गए। कर्त्ता, मेरा यह छोटा सा राजपाट बना रहे !

दिन-भर काम-काज में लगी रही, पर इस दिल चैन कहाँ ! जिस काम हाथ डालती, छोड़ देती; फिर नया छूती, फिर छोड़ देती। बुहारी ले बैठक पसार बुहारती थी कि

मौसी गुस्से हुई—

"छोड़ मालन, यह काम तेरे नहीं। चलकर रोटी-पानी लग..."

मुन्ने के झोली पड़ने के बाद पहली बार मौसी ने चौके-चूल्हे लगाया। दाल-भाजी बनाई, आटा गूँथ-गूँथ मलाई किया और तन्दूर तपा रोटियाँ लगाने लगी।

सदा की तरह दिवानजी ने थाली बैठक मँगवा भेजी तो मौसी ने कहलवाया—

"मालन चौके लगी है। दिवानजी से कहना आज घर ही आएँ।"

अपनी भारी गौहरी चाल से दिवानजी ऊपर आए तो मौसी को पुकार हँसते हुए कहा—

"मालन को कोई और गहना गढ़वाकर देना है मौसी, जो उसे आज फिर चौके-चूल्हे लगाया है ?"

छोटे से घूँघट में से दिवानजी की ओर देख झूठा मान किए-किए हँसने लगी।

पर जवाब में आज मौसी को मसखरी नहीं सूझी। फीकी-सी हँसी हँस बोली—

"आसन बिछा मालन, और थाली परस !"

थाली परस चौकी पर रखी तो दिवानजी हँसकर बोले—

"यह क्या मालन, आज घरवाले को ही पाहुना समझ बैठीं ! इतना खाकर पचाऊँगा कैसे ?"

घूँघट की ओट मौसी की ओर कर आँखों-ही-आँखों दिवानजी से कुछ कहने जाती थी कि मौसी पास आ बैठी—

"लखपत, लाख शुकर उस मेहरोंवाले का जिसकी मेहर हुई इस घर ! मिन्नत-मनौती धार मन में कोई जात्रा

सम्पूर्ण कर !"

अचरज से पहले तो दिवानजी कुछ पल मौसी की ओर तकते रहे, फिर सिर हिला मीठे कंठ बोले—

"मौसी-सी सयानी इस जग में कोई दूजी नहीं ! लोक-परलोक सबकी सोचे ! तुम्हारा कहा सिर-माथे ! सब सुख रहा तो चढ़े महीने वैष्णोदेवी !"

ऐसा भाना अपने कर्मों का, न अगला महीना आना था, न अपने राजे के संग इस अभागी को देवी के आगे सिर झुकाना था। लिखियों के लेख, दिन भी आए तो ऐसे कि घर-बाहर के धनी मेरे दिवानजी ही पाहुने हो गए। सपने हो गए वे दिन जब दिवानजी चौके विराजते थे और मैं थाली परसती थी !

तीन

रह-रह लाहणियाँ पड़ती थीं, कड़े सयापे की आवाजें तीर-सी कलेजे लगती थीं और छाती पीट-पीट बेहोश हो-हो जाती थीं। जितनी बार छाती पर हाथ पड़ता, इस ओर बढ़ती दिवानजी की बाँह दीख-दीख जाती।...और रुलाई बढ़ती और रुदन फूटता। कभी यह जान लेती कि वह रात फिर नहीं आएगी, नहीं आएगी...आखिरी बेर तो अपने राजे का हुक्म बजा लेती ! रब्ब हँसता होगा—अरी भोली, अब यह रात फिर कहाँ आएगी !...

नई मुकान आती, नई लाहणियाँ पड़तीं।

अभी तो तेरा चम्बा खिला था...राजा कलियाँ छोड़ कहाँ गया ! अभी कल ही तेरे लाल की माँ परणायी थी...हाय...हाय...!

छाती पीट-पीट नीली हो जाती। कोई पास से मुँह में पानी डाल देती। फिर उठ खड़ी होती, फिर लाहणियाँ पड़तीं, फिर सयापा होता।

सगे-सम्बन्धियों ने आना था। सात बेगाने भी पीछे नहीं रहे। ड्योढ़ी पर जैसे जहान टूट पड़ा। साक-अंग, मित्र-प्यारे सभी आए, पर आए नहीं तो मुझ अभागी के पिछले ही। खबर ले गया नाई, न आप लौटा, न कोई सन्देशा आया। चिन्ता में डूबी मौसी बार-बार कहती—

"मालन, कभी देखा-सुना है ? ऐसे चढ़े जमाई की जुल्मी मौत और सासरे से न मुकान-उठान, न रुक्का-पत्री !"

कुछ न कह घूँघट खींच लेती और रो-रो दिवानजी को ही बुलाती—'लोक-जहान छोड़ आपकी शरण पड़ी थी दिवानजी, आप ही अकेली छोड़ गए !'

न दिवानजी बोलते, न उलाहना-करलाना, सुन हँसकर कहते—'पगली हुई हो मालन, मैं तो स्वास-स्वास तुम्हारे साथ हूँ !'

इस सुहाग-जली के संग तो अब कोई न था—बस तन-मन में रमी अपने धनी की मीठी याद थी, अपने राजे का बिछोड़ा था !

तेरहवीं के दिन तन पर 'बुरा' पड़ा तो कलेजा फट-फट गया। अपने परायों ने रो-रो इस झोली में रुपए डाले। मैं सिर झुकाए कभी अपना सुच्चा जोड़ा देखती, कभी दिवानजी के लिए बिलखती अभागी यह देह देखती।

मौसी ने उठाली दी और गले लगा रो-रो बोली—

"मुझ बुरी की ही नजर लगी है बीबी रानी, तुम्हारी झोली लाल देख मेरी खुशियाँ मान नहीं थीं।"

"मौसी, माँ के घर खैर हो, आज भी कोई

खबर-अत्तर नहीं।"

"मालन, यह कैसे कि समधियों के यहाँ खबर न पहुँची हो! फिर सोच तो अन्दर-ही-अन्दर यह करती हूँ कि ममदू नाई भी अभी तक परता नहीं।"

बिल्कुल पास हो फिर बोली–

"मालन, इस बरकत्ते की नीयत मुझे अच्छी नहीं दीखती। सारी मुकान लौट गई; यहाँ बैठे यह और इसकी बुढ़िया माँ क्या करते हैं?"

कल की बात का ध्यान हो आया।

मौसी कल संझा थक-टूट यहीं लेटी थीं कि बुढ़िया पास आ बैठी और लाड़ जता बोली–'बहू, अब जिगरा कर और अपने गहने-गट्टे की सँभाल कर! मेरी मानो तो गिन-गिना बरकत को सँभलवा दे। सात दुश्मन-वैरी हैं। फिर दिवान के बाद बरकत ही इस घर का राखा है।'

"अन्धेर साईं का मालन, इन मर-खप जनों की इतनी जुर्रत। लखपत ने जीते-जी इन्हें इस घर पाँव नहीं रखने दिया। कहीं..."

मौसी ओसारे में आ ऊँचे-ऊँचे बोलने लगी–

"अरे उसे बुरी वस्त हो लगे, जिसकी नीयत साफ न हो..."

कामी-कमीन पास आ जुटे। मौसी से बार-बार पूछने लगे–क्या ढूँढ़ती हो मौसी, क्या खोया है?

"अरे जो खो गया है, वह हीरा तो अब लौटकर नहीं आएगा। मैं बुरे माथेवाली तो इस बड़े घर का धरम-ईमान ढूँढ़ती हूँ जो भाई के मरते ही..."

बरकत दिवान की बुढ़िया माँ चारपाई से उठ पास आई और मौसी को फटकारकर बोली–

"चुप री, बड़ी आई लखपत की कुछ लगती! घर

यह मेरे बरकत का और वही इस घर का खसम !''

मौसी सकते में आ गई। अपने को सँभाल मेरी ओर देखा, फिर नरम हो बोली–

''बहन मेरी, जिए लखपत का बेटा, अब वही इस घर-जमीं का मालिक !''

सुनते ही बरकत दिवान उधर चले आए और कड़ी आवाज में बोले–

''बढ़-चढ़ के न बोल रक्खी, जहान जानता है। सात सम्बन्धों पार की तुम लखपत के गले पड़ गईं ! मुँह पर लगाम न लगाई तो खाट-बिछौना उठा बाहर फेकूँगा...!''

मौसी थर-थर काँपने लगी।

सुनकर मुझसे सहा नहीं गया। बरकत दिवान के सामने पहली बार मुँह का कपड़ा उठा ऊँचे कंठ बोली–

''सुननेवाले कान खोल सुनें, मौसी इस घर की सब कुछ...जब तक हूँ मौसी मेरे नैन-प्राण के साथ...''

कमर पर हाथ रख बुढ़िया बिफरी–

''हाय री, जात की किरली, शहतीरों से गलबहियाँ ! ज़रा फिर से तो कहना !''

मौसी मेरे आगे आन खड़ी हुई। माथे पर हाथ मार बुढ़िया से बोली–

''कुछ लाज-लिहाज कर री सयानी ! मुझे तो डाल कुएँ में, पर यह तो लखपत की रानी है। इसके लिए ऐसे कुबोल !''

उस रात न दीया-बत्ती की, न कुछ खाया-पिया; अँधेरे पसार में आमने-सामने बैठी अपनी तकदीरों के वारे-न्यारे करती रहीं।

आधी रात झरी होगी कि दबे पाँव मौसी चोर-कपाट

से भंडार की ओर उतर गई। मैं साँस रोके पड़ी रही—अभी खड़का हुआ, अभी कोई आहट हुई, अभी कोई जागा !...

पर मेरे जगते-जी मौसी लौटकर नहीं आई। पास सोए मुन्ने को हाथ से दुलराया तो मन फिर दिवानजी की ओर जा भटका। गए पक्ख यहीं विराजते थे मेरे दिवानजी, यहीं इन बाँहों के पास !...

नींद खुली तो हड़बड़ा उठी। सहमी-सहमी इधर-उधर ताकती रही, फिर चद्दर ओढ़ नीचे कुएँ पर नहाने उतर गई।

ऊपर आई तो धर्मशाले माथा टेक, मौसी चौके-चूल्हे में लगी थी। अकेली जान मौसी ने हाथ से सैनते कर ढाढ़स बँधाया। अब खोजें ये वैरी मेरा माल-मत्ता !

शिखर दुपहरी ममदू नाई लौटा। घबराई-सी बाहर उठ धाई। "मेरे समधियों के यहाँ सुख तो है ममदू ?"

ममदू ने सिर हिलाया—

"कहाँ मौसी, मैं तो उन तक पहुँचा ही नहीं।"

मौसी की आँखें फैल गईं—

"अरे, वह क्यों ?"

सिर का साफा सँभाल ममदू ठहराव से बोला—

"पहले मेरी बात सुन लो मौसी ! फिर भी कसूरवार मुझे ठहराओ तब फिर मुझ-सा गुनाहगार कोई दूजा नहीं।

"यहाँ से चला तो कुल्लूवाल की राह नीचे उतरा। अम्बरवाल के 'पत्तन' पर दो दिन टिका रहा। कब चनाँ उतरे कब बेड़ी चढ़ूँ। पर मौसी ऐसी 'कांगे' आई कि कभी देखी-सुनी नहीं। यही सोचूँ, क्या मुँह दिखाऊँगा तुम्हें और क्या दिखाऊँगा शेखों को ! पर तकदीरों के मामले, इनके

आगे किसकी पेश ! तीन दिन तीन रातें गईं, पर दरिया नहीं उतरा। हारकर आलमगढ़ की राहों कोट के लिए चल पड़ा। जलालपुर पहुँचा तो सुना फिरंगी से जुद्ध छिड़ा है। मन में तो पक्की थी पहुँचकर रहूँगा।''

मौसी ने बीच में टोका—

''छोड़ रे ये किस्से ! काम की बात कर !''

''अगली खबर अच्छी नहीं मौसी। पूरे का पूरा कोट गुजरात का फिरंगी से घिरा है ! इधर ऊँचे तगड़े अपने लबाणे, कि देख कलेजा दहले, उधर साजों-बाजों के साथ फिरंगी चौकियाँ...!''

हाथ मल-मल मौसी फटकारने लगी—

''अरे ऐसी लड़ाइयाँ आए-दिन, पर क्या सगे-सम्बन्धियों की मुकान-ध्यान रुक जाती है ? किसी आते-जाते के हाथ रुक्का ही भिजवाया होता।''

जवाब में ममदू ने आँख नहीं मिलाई। परचाने के-से स्वर में बोला—

''तुम्हारी ये भोली बातें मौसी ! तरकीब कोई चलती तो मैं नाई-प्यादे की जात यूँ ही लौट आता ?''

फिर मेरी ओर झुक बोला—

''मौसी, मुझे जो न कहो थोड़ा, पर सच मानो इस बार ऐसी जबर छिड़ी है कि कोई लश्कर के पास तो फटक जाए !''

जाती बेर ममदू सीढ़ियों तक पहुँच पल-भर को रुका फिर अफराऊ ढंग से पूछा—

''मौसी, बरकत दिवान यहीं हैं कि गए ? बड़े सज्जन प्यारे हैं !''

सुनते ही मौसी को काठ मार गया। ममदू की ओर देखती रही और सिर हिलाती रही। आँखों से ओझल हो

गया तो बोली–

"देखे इसके लच्छन ! इसने धूल फाँकी है बरकत्ते से। लाख लड़ाइयाँ-जुद्ध हों, पर नाई-पुरोहित के जिम्मे रुक्का-पत्री न पहुँचे ? फिर यह तो सोच मालन, कि बरकत दिवान से इसकी यारी-दोस्ती कब से ? इसकी कार-गुजर सुच्ची नहीं बीबी रानी, अब रब्ब ही राक्खा है इस घर का !"

नए दिवान उस दिन घर पर नहीं थे।

घोड़ी पर चढ़ ढक्की से नीचे उतरे तो दिवानजी की याद से आँखें छलछला आईं। किसे खबर थी इतनी जल्दी बुलावा आ जाएगा ! उदास मन मुन्ने को पँगूड़े डाला और पसार की दहलीज में आ बैठी। गले-गले पानियों में डूबी इस अभागी ने कई बेड़ियाँ बदलीं, पर न कार मिला, न किनारा। अपने ही घर वैरियों से घिरी हूँ, पर ऐसा कि मेरे सगे जानते तक नहीं।

बरकत दिवान की माँ कब पास आ खड़ी हुई, देखा नहीं। सिर पर टोहका लगने से चौंकी।

"अरी, तेरा कुलच्छनी वेश ! ढंग से पहना-ओढ़ाकर, नहीं तो बेटे से हाड़ तुड़वाएगी।"

सुनकर एक-संग बहरी-गूँगी हो गई। बस बिटर-बिटर बुढ़िया की ओर तकती चली।

"तेरी इन गोलट्टी अँखियों में डालूँ दारू, मेरा सामना करती है ?"

आवाज सुन मौसी बाहर निकल आई। पास आ सिर पर हाथ रखा और पुचकारकर बोली–

"यह सयानी मेरी बहन तुम्हें क्या कहती है री मालन ?"

बुढ़िया से रहा नहीं गया–

"चुप री ठगनी ! बहन बनाने चली है मुझे ! समझा इस तत्ती को, बेटे को खुश किया करे।"

फटी तकनी से मौसी सुनती रही, फिर सुलह-सफाई से कहा–

"बहना, सौ छित्तर मार लो मुझ बुरी को, सी कर जाऊँ तो कहना, पर इसको..."

"जा री, बड़ी आई इसकी सगी ! सोग-सयापा हुआ अब खतम ! खुशी-खुशी बजाए मेरे बेटे की चाकरी !"

मौसी ने माथे पर हाथ मार लिया।

"अरी पके बालोंवाली, अपने ही सिर की शरम-हया कर।"

बुढ़िया बिफरी–

"कान खोल सुन लो, इस घर का धनी अब मेरा बेटा !"

पत्थर बनी वहीं-की-वहीं बैठी रही। बहाने-बहाने मौसी ने कई बार बुलाया-डुलाया, पर गुमसुम बनी मैं न बोली, न डोली।

मुन्ना दूध को करलाया तो हारकर मौसी ने झोली में डाल दिया और झँझोड़कर कहा–

"कुछ होश कर री मालन, किन मुँहजलों से डरती है ! घर तेरा, तू घरवाली, ये बेगाने भड़ुवे कौन ?"

मुँह ऊपर उठाया तो सामने बरकत दिवान को देख सिर पर कपड़ा कर लिया।

"सुनते हो बेटा इस गर्कजानी की बात ! तुम्हें भड़ुवे बताती है।"

नोकदार जुत्ती पहने बरकत दिवान ने बड़ी टंकारों से डग भरे और गुलाबी आँखें तरेरकर कहा, "अभी

बरकत दिवान से पाला नहीं पड़ा।" और बैठक की ओर बढ़ गए।

कुछ सँभलूँ, कुछ सोचूँ, कि अन्दर से आवाज पड़ी—

"चिलम ठंडी पड़ी है। मालन से कहो हुक्का तो भर जाए..."

मौसी खड़ी-खड़ी रोने लगी।

"अरे वैरियो, ऐसा अन्धेर ! इस अजान भोली से किस जनम के बदले लेते हो ?"

भित्ति से लगी देर तक ढिठाई से खड़ी रही—नहीं जाऊँगी, नहीं जाऊँगी, मैं नहीं जाऊँगी...।

अन्दर से फिर आवाज पड़ी तो बरकत दिवान की माँ धड़धड़ाती अन्दर गई और चिलम उठा लाई। जोर-जबर मेरे हाथ में थमा पीठ पर धप्पा मार बोली—

"अपनी खैर चाहती है तो रख आ चिलम हुक्के पर, नहीं तो वह बुरी बाब होगी...।"

मौसी ने बुढ़िया के पाँव पकड़ लिये—

"बहना, इस सुहागजली पर तरस खाओ !"

"अरी समझा इस कुलच्छनी को ! घर के खसम की चिलम भर देगी तो पटरानी क्या गोली बन जाएगी !"

जाने मौसी ने क्या सोचा, पास आ मिन्नत कर कहा—

"तुम्हें कहने से पहले मैं मर जाऊँ बीबी रानी, पर जो कहते हैं वही कर !"

समझ गई, मौसी की भी आज चलेगी नहीं।

चिलम में उपला डाल बैठक की ओर चली तो पाँव न उठते। जिन दिवानजी ने सौ-सौ लाड़ लड़वाए थे वह न हुए आज देखने को...।

छोटी बैठक के सामने से निकलो तो जैसे दिवानजी

की आवाज सुन पड़ी, 'हौसला न हार मालन, मैं सब देखता हूँ।'

इधर-उधर देखा, यहीं-कहीं लुके-छिपे मेरे दिवानजी अगर जीते-जागते बाहर आ जाते !

चिलम हुक्के पर रख लौटने लगी तो सुन पड़ा—

"पाशो !"

पहले डरी, फिर बरकत दिवान का सामना कर बोली—

"मेरा नाम न लेना बरकत दिवान, बड़े भाई के नाते तुम्हारी बड़ी बराबर हूँ !"

"हुआ...हुआ," बरकत दिवान भारी गले हँसे।

"तेरा तो नाम-चाम सब मेरा है री पगली !"

और हाथ बढ़ा मेरा पल्ला खींच लिया। दुपट्टा छोड़ हाथ पकड़ लिया, हाथ छोड़ मुझे अपनी ओर खींच लिया, तो भी न काँपी, न चिल्लाई; ऐसी पड़ी रही कि पानी की मार से गली-गलाई काठ होऊँ।

पड़ी रही...पड़ी रही...पड़ी रही। उठी नहीं।

बरकत दिवान पास से उठ गए तो भी नहीं उठी। तड़के धूप सिर आ चढ़ी तो भी नहीं उठी। मुन्ने को चुप कराती मौसी ने दो-चार आवाजें दीं तो भी नहीं उठी। हारकर मौसी अन्दर आई। दहलीज पर ठिठकी मुझे देखती रही। ठोड़ी पर का हाथ देर तक हिला नहीं।

"मालन !"

ये आँखें न झपकीं, न लजाईं; रूखे सूनेपन से एकटक मौसी की ओर देखती चली गईं।

मौसी इस तकनी को सह न पाई।

"मालन, कुछ होश कर री..."

मैं फिर भी कुछ बोली नहीं; हाथ से खुले कुरते के

बीड़े उलटा कर दिखा दिए।

मौसी ने सिर पर हाथ मार लिया और लानत भेजती हुई बाहर हो गई।

मौसी की लानत-फटकार से अब मेरा क्या बनने-बिगड़नेवाला था ! यह घर अब भिम्भर के दिवानों का था और मैं उनकी बाँदी !

नए दिवान की माँ के सिर तेल रचा साँस लेने को पसार की दहलीज पर बैठी ही थी कि मौसी ने मुन्ना ला मेरी झोली में डाल दिया और झिड़ककर बोली—

"कुछ अक्ल-होश कर री मालन ! दिन-भर रोता-करलाता रहता है; इसे दूध तो पिलाया कर !"

हाथ से परे कर मुँह मोड़ लिया।

"मेरी ओर से अभागे को किसी रूढ़ी पर डाल आओ..."

"कख न जाए री, तेरी उल्टी बुद्ध ! खबरदार जो लाल के लिए कभी बुरे बचन बोले !"

फिर मेरी ओर देख नरम पड़ी और हाथ से झँझोड़कर कहा—

"अरी भोली-भाली, तुझे चिन्ता काहे की ! तेरी गोदी तेरा लाल; एक बार बड़ा तो होने दे इस राजे को ! गिन-गिन माँ के बदले न ले तो..."

फिर ऊँचे गले दिवान की माँ को सुनाकर बोली—

"अरी कर्मों से पड़ते हैं लाल झोली...! आटे के पुतले नहीं जो चाहे सो जोर-जबर से बना ले।"

नए दिवान की माँ से सुना नहीं गया। सिर हिला-हिला कड़वे गले से चिल्लाई—

"ज़र के बोल री ! यह पिछले दिनों की लाग

लखपत की ? कभी तोड़ चढ़ेगी तो जहान देखेगा ?''

सुनकर मौसी जैसे सकते में आ गई। कुछ कहते-कहते रुकी और हाथ के संकेत से मुझे भी चुप रहने को कह, लाड़ जता बोली–

''बीबी रानी, मुँह तो गीला कर बिचारे का। सुबह से भूखा है।''

मुन्ने को संग लगाए मुँह में दूध डाला, पर बूँद तक न निकली। बार-बार टटोलती रही। इतना दूध उतरता था कि कुरता भीज-भीज जाता था, पर अब वह दूध-रत्त सब क्या हुए ?

मौसी बड़ी देर खड़ी-खड़ी तकती रही, फिर सिर पर हाथ फेर लाड़ से बोली–

''तेरी तो लड़के पर झलक तक नहीं मालन, पूरा-का-पूरा लड़का लखपत पर पड़ा है ! देख तो यह माथा...नाक...आँखें...''

पत्थर हुई देह पर से जैसे कांग निकल गई। प्यार के मारे थर-थर काँपने लगी।

पानी से धो-पोंछ इस बार मौसी ने मुन्ना छाती से लगाया तो भर-भर दूध आने लगा।

अँखियाँ पोंछ मुन्ने का सिर सहलाने लगी तो यही लगा दिवानजी ही छोटे हो इस झोली आ पड़े हैं।

दिन-भर ऐसी हल्की-फुल्की रही कि साक्षात् दिवानजी से मिल आई हूँ। मन-ही-मन भाव हुआ–क्यों जी छोड़ूँ ! सिदक करूँ तो पलक झपकते लाल मेरा घोड़ी जा चढ़ेगा। आज गोद में है, कल घुटनों चलेगा, परसों जवान हो किसी सोहणी का दूल्हा जा बनेगा।

मक्का की छाँट करने लगी तो मौसी पास आ बैठी–

“मालन, गोरखनाथ का वैरागी बाबा रात-रात-भर भी हर गाँव टिके तो अगले पक्ख शेखों के घर जा पहुँचेगा। उसी पर आस लगाए बैठी हूँ। जात-कमजात इस नाई की, लखपत के आँख मींचते ही नजर बदल ली।”

चौकन्ने हो इधर-उधर देखा।

“मौसी, ये आधी रात तक कोई सलाह-सूत्र करते थे; पल्ले तो कुछ पड़ा नहीं।”

“मुझसे पूछ मालन, इन गर्कजनों की आँख बस तेरे छल्ले-चूड़े पर।...शुकर है उस दाते का, उससे तो हुई मैं सुर्खरू। अब ऊपरवाला अपनी ओट दे तो तेरे पीहर पहुँचा निश्चिन्त होऊँ।”

आँखों-ही-आँखों में मौसी का सत्कार कर ज़रा-सा घूँघट खींच चुप्पे से कहा–

“पैरी-पौना करती हूँ मौसी !”

मौसी खुश हुई, फिर तनिक पास हो कान में कहा–

“मालन, कहे तो बेरियोंवाले पीर पर मन्नत मान आऊँ।”

सिर हिला हामी भरी और मन-ही-मन बरकत दिवान के जादू-टोने पर फूँक मार दी।

...बेरियोंवाले, पीर, तेरा तिनका भी तख्त समान !

ऊपर जा मौसी बुढ़िया से बोली–

“बहना, नौशहरे तक अपनी चचेरी बहन के बेटी-जमाई को मिलने जाती हूँ, त्रिकालाँ तक लौट आऊँगी।”

“अरी, उन अभागों की याद तेरे दिल आज ही क्यों पड़ी ? पीछे रोटी-टुक्कर कौन करेगा ?”

मौसी नरमी से बोली–

"त्रिकालाँ तक आ जाऊँगी बड़ी बहना, दुपहर-भर को जाने दो !"

बुढ़िया बड़बड़ाई–

"जा री, कौन तेरी सूरत बिना तरस जाऊँगी ! मेरी ओर से दफा हो।"

मौसी ड्योढ़ी से निकली तो छींक पड़ी–

सतनाम सतनाम, दाता खैर करे...!

चौका-चूल्हा सँभाल अपनी छोटी बैठक जा लेटी। रब्ब की नजर सीधी हो तो फिर क्या दिवान बरकत और क्या उसकी माँ ! हे जानी जान, इस गरीबनी को अब आपजी की ही ओट !...

मुन्ने को आगे लिटा थपकते-थपकते आँखें मींच लीं। जी बार-बार भरकने लगा–कब हो सन्ध्या, कब मौसी आए ?

कब दिन छिपा, कब संझा हुई, कब मौसी आई, मैं नसीबोंवाली तो कुछ भी जान नहीं पाई। पिछले जन्म पाप किए होंगे, दुखियारों को और दुखाया होगा, सताए हुओं को और सताया होगा। नहीं तो जीते-जी दिवानों की घरवाली की यह हालत होती !

चार

आँख खुली। पिछला पहर होगा। कहीं कुत्ते भूँकते थे और घोड़े की टाप छाती दहलाती थी। एकाएक समझ नहीं पाई–कहाँ हूँ, मैं कहाँ हूँ...। हाथ फैलाया–मुन्ना कहाँ...? और चीख मारकर उठ बैठी। घुप्प अँधेरा !...टटोलने को बाँह बढ़ाई तो पल्ले पर हाथ पड़ा। डोले में...? पूरे गले चिल्ला उठी–

"कहाँ हूँ, मैं कहाँ हूँ ?"

कड़ी आवाज आई–

"चुपचाप पड़ी रह ! तेरी कूक-फरियाद सुननेवाला दूर-दूर तक कोई नहीं।"

"मैं मर जाऊँ...बेदर्दियो, मुझे कहाँ लिये जाते हो ? मेरा लाल कहाँ है ?"

औंधी हो बार-बार सिर पटकने लगी और बेहोश हो गई।

होश में आई तो दिन चढ़ आया था। डोले का पल्ला उठा देखा, दूर सामने सँकरी चढ़ाई पर किसी पुरानी हवेली के झरोखे जैसे घूर-घूर इधर ही देखते थे।

कौन सा नगर है...यह कौन कोट है ?

डोला उसी हवेली के पिछवाड़े जा उतरा तो ऐसे लगा कोई डायन होऊँ—अपने को खा-खपा दूजों के दर आन खड़ी थी।

डोलेवालों की हाँक पर घर के धनी बाहर निकल आए; रुक्का पढ़ थलथली आवाज में बोले—

"अच्छा-अच्छा सो भला...! शुकर है बरकत दिवान ने मेरा ऋण तो चुकाया !"

फिर मेरे घूँघट पर आँखें गड़ा कहा—

"भागभरी, यह घर-बाहर सँभाल और द्रोपदी बनकर सेवा कर मेरी और मेरे बेटों की।"

एक बार तो हुई कि पाँव पड़ जाऊँ। मिन्नत-मोहताजी कर बूढ़े से कहूँ—'रब के वास्ते मुझ अभागी को छोड़ दो...।' पर मुँह पर किसी ने ताला दे दिया।

ठीकरों-भरे बुझे-बुझे आँगन में खड़ी हुक्म का इन्तजार करने लगी।

"हाथ-पैर धो खुली हो बीबी और अन्दर-बाहर सँभाल !"

घूँघट में से देखा खुले आँगन कूड़े का ढेर...काले धुआँखे शहतीर और औंधी पड़ी चाटियाँ...

थम्म के सहारे खड़ी बस बिटर-बिटर तकती रही। मन ने कहा, 'बरकत दिवान, तूने खत्री होकर घर की

बहू बेच दी ! जो मैं जानती, तू इस दाँव में है, तो गहना-गट्टा तुम्हारे हवाले न कर देती ! स्वास-स्वास इस अभागी के लिए दिन-रात एक कर देनेवाली मौसी, तुम्हारी मालन का चाम ही बिक गया, तो क्या गहना, क्या गहने का भार-गौर !'

लाल पुचकारकर बोले–

"द्रोपदाँ, खैर मना इस अच्छे घर पहुँच गई, नहीं तो बरकत कसाई एक बार नहीं, सौ बार तुम्हें बेच खाता।"

सुनकर उनके आगे हाथ जोड़ दिए।

"आप मेरे पूजन जोग, मेरे पिता समान, रब्ब के वास्ते मुझे मेरे लाल के पास लौटा दें ! यहाँ रही तो मैं मर जाऊँगी, मैं जीती न बचूँगी !"

लाला घड़ी-भर कुछ बोले नहीं, फिर कड़ी आवाज़ में कहा–

"भागभरी, खरी बात कहता हूँ। सीधी राह चलेगी तो भला ! तीन-तीन पहरू हैं; भूलकर भी ड्योढ़ी से बाहर पाँव न रखना ! समझ रख बीबी, बरकते को घड़ा-भर मोहरें दी हैं, तू अब इस घर की दात !"

मुझ खोटी के नच्छत्र ही बुरे हैं तो क्या दोष बरकत दिवान का, क्या दोष मेरे वैरियों का !

चौके की दहलीज पर पत्थर-की-पत्थर बन खड़ी रही।

"पिछली सोचें छोड़ बीबी और चौके-चूल्हे लग। लड़के लौटते ही होंगे..."

खाँसते-खाँसते लाला पास चले आए और समझाकर बोले –

"मैं तो टूटा-फूटा हूँ बीबी ! अब दम-खम नहीं !

दो बेला रोटी सेंक दो, वही बहुत। पर लड़कों से राह-बेराह न चलना। लड़ाके लड़ैत ठहरे !"

आँगन के बीचोबीच छोटे कुएँ की चरखड़ी पर लज लटकती थी। गागर उठा नीचे बहा दी तो जान पड़ा, मैं भी चरखड़ी पर चढ़ी लज हूँ। कभी इस गागर, कभी उस गागर !

झाड़-बुहार, लीप-पोत चौका साफ किया, बरतन-भाँडे लिशकाये और उपलों की आँच साग का ताँबिया चढ़ा दिया।

पाटिए पर बैठी आटा सानती थी कि आवाज पड़ी—

"कौन है यह लच्छमी, सयाने बाबू, ज़रा बाहर तो आओ..."

सुनते ही कपड़ा खींच लिया। लाला खाँसते-खाँसते पसार से निकले।

"अरे जवानियों की हुमस तुम्हें, क्यों बार-बार मुझे खटिया से उठाते हो ? यही पूछता है न, कौन है ! अरे यह दिवाननी है, जो रानी बन इस घर आई है।"

आटे में सना हाथ वहीं-का-वहीं रह गया।

"भागभरी, तेरा यह मँझला लड़ैत...ज़रा बच के रहना इससे !"

घूँघट की खूँट दाँतों में दबाए आटा सानती रही। गरज पड़ी—

"परात छोड़, इधर आ..."

हड़बड़ी में उठी तो कटोरे को पाँव लगा।

"अँखियाँ क्या वहीं छोड़ आई है ?"

थर-थर काँपती सामने जा हाजिर हुई।

"नखरे रख आ एक ओर और पानी लाकर पैर धो !"

भर कलसा उठा लाई और मल-मलकर पैर धो दुपट्टे के छोर से पोंछ दिए।

कलसा उठा उठूँ कि किसी ने घूँघट उठा मुँह ऊपर उठा दिया।

देखती-की-देखती रह गई—लोहे की-सी काठी पर राजाओं की-सी रोबीली आँखें !

ठुड्डी पर से हाथ हटा तो सहमकर सिर का पल्ला खींच लिया। मँझले तब भी देखते रहे...देखते रहे...ऐसे कि नजर न हो, कोई लपट हो।

डरी-डरी फिर चौके जा बैठी। मक्का की रोटी तवे डालती, घी रचाती और साग रख थाली में परस देती। रोटियों की कोई गिनती नहीं की; सेंकती रही और थाली में डालती रही।

थाली बराबर हाथ फैला मँझले बोले—

''बस कर दिवानों की, अब बस कर ! इस मुँह जितना पड़ेगा उतना ही इन बाँहों से कहर बरसेगा।''

तीनों भाई हाथ-हाथ के ऊँचे शमले छोड़कर कार को निकलते तो सुख का साँस आता। बारी-बारी से तीनों हुक्म चलाते और मैं सिर झुका बजाती। बड़ी-बड़ी भारी गोरी देहें देख किसी भी काम को 'ना' करते न बनता। अकेली बैठती तो मुन्ने को याद कर-कर तड़पती। इस गोद पड़ा ही था तो अभागा अपनी माँ का दूध पीता। जाने किन हालों में है ! करतार उस जुल्मी के मन में दया डालना। जो होना है, मुझे हो, मेरा लाल जीता रहे ! मेरा लाल राजी रहे !

लालाजी हाँक मारते—

''अरी भागभरी, घी गरम कर ला ! मेरा माथा

फटता है !"

लालाजी के सिर में घी रचाती, कमर पर मुक्कियाँ मारती और अपने फूटे प्रारब्ध के रंग देखती।

सबसे बड़े खिंचे-खिंचे रहते, छोटे निर्दयता से छेड़छाड़ करते, मँझले डाँटते-फटकारते और अकेले में अपने ही ढंग से पुचकारते। छोटे-बड़े उस संझा घर न लौटे थे।

लालाजी को दूध का कटोरा दे, उनके सिर घी रचाया, दीये की बत्ती हल्की की और चौके आ बैठी।

तार फिर कहीं जा बजी ! घुटनों पर सिर झुकाए जाने कब तक लाल का मुखड़ा देखती रही, उसकी किलकारियाँ सुनती रही।

"नवेली !"

कड़ी आवाज सुनकर चौंककर उठ बैठी। सामने देखा, दहलीज पर मँझले खड़े हैं। कपड़ा ठीक कर खाट बिछा दी। गागर में से पानी ले पाँव धोने को आगे बढ़ी।

"बैठी-बैठी क्या करती थी ?"

सिर झुकाए पैर धोती रही। डरती-डरती ने पूछा—

"रोटी-पानी लाऊँ ?"

"मेरी बात का जवाब दे। आँखें बन्द किए अपने उस बुढ़ऊ का ध्यान करती थी ?"

दुखी हो, बिना कुछ कहे-सुने जाने को मुड़ी तो मँझले ने झपटकर कन्धों से पकड़ लिया। झँझोड़कर बोले—

"ऐसा तेज ! इन्हीं हाथों घमंड तेरा टूटेगा !"

अपमान का घूँट पी धीमे से पूछा—

"रोटी चूल्हे पकाऊँ कि तन्दूर ?"

मँझले पहले तरेरते रहे, फिर सिर पर हल्का धौल

दिया और हँसकर बोले—

"तेरे हाथ की सभी रोटियाँ मीठी !"

चौका-चूल्हा उठा भाँडे मलने लगी तो हाथ में चिलम लिये मँझले फिर पास आ खड़े हुए। उपले की आँच चिलम में भर दी तो भी मँझले गए नहीं; सिर पर खड़े-खड़े फूँक मारते रहे। फिर सामने बैठ गए और सिर हिला-हिला कहते चले—

"हो...हो...देखो लोगो रब्ब के रंग ! जो रानी थी सो गोली बन गई...!"

कानों में नहीं, कलेजे हूक पड़ी। हाथ का कटोरा फेंक दूर जमीन पर सिर पटकने लगी।

"मुझे मार डालो...मार डालो...मुझे मार डालो !"

क्या-क्या बकती रही, याद नहीं। खाट पर पड़ी तो मँझले तरेरकर बोले—

"अब कुछ भी कहा तो खैर नहीं तेरी ! रात-ही-रात जिन्दा गाड़ आऊँगा। समझी !"

आँखें मूँद लीं तो भी मँझले पास बैठे रहे।

एकाएक चीख मारकर उठ बैठी। रो-रोकर बोली...

इस बार मँझले कुछ बोले नहीं। जबर्दस्ती लिटा मुझे थपकियाँ देते रहे।

बरसात की गहरी झड़ी लगी थी। दिन-रात सुबह-साँझ मेंह बरसता; न धूप चढ़ती, न दिन निकलता।

बिछौने पर पड़े छोटे नशे में अवा-तवा बकते रहते। होश आता तो और पीते और औंधे हो जाते।

कभी लालाजी उठकर पास आते और हिला-हिला कहते—

"उठ ओ तुख्म के, इतनी पिएगा तो जल्दी ही

मर-खप जाएगा !"

छोटे आँख खोलते, थूकते और लड़खड़ाई जबान से कहते—

"जिसकी नार इस घर चाकरी करती है तुम उसी के कमीन हो बापू !"

लाला सहम जाते, फिर माथे पर हाथ मार कहते, "मेरी ओर से कल मरता आज मर !" और उलटे पैर खटिया पर जा लेटते।

थाली परस सामने ला रखती तो छोटे गिरते-पड़ते उठते और ओढ़नी पकड़ कहते—

"सबने मिलकर पुण्य किए थे जो तुम-सी चाकर मिली।"

आँचल छुड़ा फिर काम में आ लगती। आवाज पड़ती—

"घी-शक्कर मुझे नहीं दोगी ? यह तो कहो, मँझले पर इतना मोह क्यों ?"

उस दिन आकाश निथरा था। तीनों भाइयों के साफे धो, रँग, कोठे पर फैलाकर आई तो छोटे मसखरी से बोले—

"मँझले की नवेली, मेरे संग एक बार लश्कर तो चलो। इन कटोरी आँखों पर बड़े-बड़े सरदारों की नजरें न ठहर जाएँ तो कहना !"

बात पलट संकोच से पूछा—

"आजकल बड़े और मँझले घर नहीं आते ! क्या दिसावर निकल गए ?"

छोटे हँसे फिर गम्भीर हो कहा—

"क्या सच ही मँझले ने तुम्हें नहीं बताया ? वे दोनों तो गए फिरंगी से जूझने।"

साँस रोके छन-भर कुछ सोचती रही, फिर उठते हुए पूछा—

"किसकी टुकड़ी ?"

"लबाणे खालसों की।"

उठकर कोठे पर चली गई। बनेरे पर हाथ दिए-दिए अपने वीर की खैर मनाई। लड़ाई में न रुझे होते तो वीर मेरे अब तक खोज-खबर न लेते ? पीर-फकीरों का नाम ले आँखें बन्द कर लीं।

दीखा, हवा में लहराती पगड़ियाँ धरती पर जा गिरी हैं और पास ही घोड़े पर चढ़ा मेरा वीर खिलखिलाता है।

वीरजी !

वीर हँसते हैं और हँसते-हँसते छोटा मेरा लाल बन जाते हैं।

नीचे उतरी तो मन को जैसे हौसला बँध गया। जल्दी-जल्दी काम से निपट लेटी तो भटकती-भटकती फिर सपनों में जा मिली। आँचल में मुन्ने को छिपाए अँधेरे में दौड़ती चली जाती हूँ कि कहीं से चिट्टे घोड़े पर सवार मेरा वीर आ कहता है—'इतनी रात गए यहाँ मेरी बहना ?'

वीर को मिलने को बाँहें फैलाती हूँ कि नींद उचट गई। छाती से दूध उमड़ा पड़ता था। छन-भर पहले मेरा लाल यहीं था, मेरा मुन्ना यहीं था !

दूध बिलो छाछ-मक्खन सँभालने लगी कि ड्योढ़ी पर आवाज पड़ी—

"जय गोरखनाथ—जय गोरखनाथ ! भर जाए यह झोली बेटी !"

टोपा-भर गेहूँ और गुड़ ला झोली में डाल दिए।

"सुखी हो, खुशियाँ देखो !"

बाबा की ओर झुक हौले से पूछा–

"दिवानों के घर कब जाना हुआ था बाबा ? वहाँ की कोई खोज-खबर ?"

"इस बार उधर का पैंडा नहीं मारा बेटी !"

"कोट की ओर कब जाना होगा ?"

"इसी पक्ख बेटी ! कुछ कहना है ?"

अपनी ओढ़नी का छोर फाड़कर बाबा की ओर बढ़ा दिया–

"शेखों के यहाँ मेरी माँ को यह सौंप देना बाबा ! वह अपनी दुखियारी बेटी की खबर लेना न भूले।"

"सत बचन बेटी ! बाबा तुम्हारा सन्देसा जरूर पहुँचाएँगे !"

उस दिन मुझे सोच में बैठी देख छोटे बोले–

"मँझले की सोच करती हो ? उस पर तो लबाणों की काठी है। जिएगा तो सबसे आगे, नहीं तो वहीं खेत हो जाएगा।"

कानों में जैसे कोई अपशकुन सुन पड़ा। लाज-संकोच एक ओर रख गुस्से में कहा–

"शुभ-शुभ बोलो, क्यों बुरे वचन बोलते हो ?"

छोटे हँसे–

"क्यों न हो, तुम्हारा तो वह सुहाग ठहरा !"

आँखों से फटकार तावली-तावली आँगन बुहारने लगी।

बिछौने पर पड़े-पड़े पहर रात बीत गई। छोटे बहुत पी गए थे और औंधे पड़े थे।

लालाजी रह-रह खाँसते और रात के अमावसी अँधेरे

में अपनी जवानी को पुकारते—

"हाय री जवानी ! तू इस सोने-सी देह को छलनी कर गई !"

फिर गला घरघराता, खाँसी उठती और टूटी-फूटी आवाज शहतीरों से जा टकराती।

खाँसी में कई छन साँस न आया तो उठकर पास गई और पानी मुँह लगाया।

घूँट-भर लालाजी सिर हिलाने लगे।

"इस घर अब मेरी इतनी खातिर ! इतना गया-बीता कि सूखे कंठ दूध की जगह पानी !"

हाथ जोड़ कसूर की माफी माँग ली और मिन्नत से कहा—

"मैं अभी लाई दूध गरम कर।"

उपले रख चूल्हा जलाया और गिरी-बादाम, छुहारा डाल दूध की कड़ाही ऊपर रख दी। बार-बार दूध औटा, झाग मारी और कटोरा उठा लालाजी के पास चली। अन्दर जाते-जाते दहलीज पर रुक गई। लालाजी अपने से ही बातें करते थे—

"अरी धनदेयी, न मरती तू जल्दी, न होती मेरी ख्वारी। पड़ा-पड़ा इस कोठरी पिछले मणके गिनता हूँ। कभी खड़े पाँव तू हाजरी देती थी; आज जमदूत भी पास नहीं फटकते। ओह ओह...!"

लालाजी का विलाप सुन जी भर आया। कटोरा आगे कर कहा—

"तत्ता दूध मुँह लगाएँ तो चैन पड़े !"

लालाजी कुछ बोले नहीं; निढाल पड़ रहे। सहारा दे उठाया और कटोरा मुँह लगा दिया।

कटोरा खाली कर इधर बढ़ा दिया और सिर

हिला-हिला बोले—

"दिवानों की, मैं जी-भर तृप्त हुआ। रब्ब तुम्हें बहुत-बहुत सुख-चैन दे !"

लौटकर बिछौने लेटी तो सोच-सोच घबराने लगी—मैं तो पराए घर हूँ, पर इस घर के कर्त्ता-धर्ता की यह दशा ! हे जानी जान, ऐसे हाल-हीले किसी के न हों ! कोई पड़ा-पड़ा अकेले मरने की बाट जोहे...!

बात सोच अकेलेपन की जी धड़कने लगा। याद हो आया, नानी के घर में एक बार ऐसी ही रात थी। छम-छम पानी बरसता था और रह-रह बिजली चमकती थी। गरज सुन नानी से जा लिपटी थी। और आज सात परायों के घर...

नानी झूठ न कहती थी—'सँभलकर री, एक बार का थिरका पाँव जिन्दगानी धूल में मिला देगा !'

सच ही सब धूल हुआ—इस अभागी की लाज, शरम, इज्जत, आबरू।

तबेले की ओर से खटका सुन सिर उठाया। घोड़े की टाप सुन पड़ती थी। उठने को हुई कि पैड़ियों पर किसी के पाँव पड़े, फिर थाप पड़ी। कुंडी बजी।

"कौन ?"

"नवेली !"

आधी रात यह कंठ ! सुध-बुध भूल गई। कुंडी खोली कि दो गीली बाँहों ने समेट गले से लगा लिया।

"नवेली...नवेली...!"

होंठों से उठा स्वर होंठों में डूब गया। बाहर बादल गरजते रहे, पानी बरसता रहा और मैं पड़ी-पड़ी जोहती रही—कब बाँह खुले...

तन से लगी जाने किन पानियों तैरती थी कि मँझले

जगाकर बोले–

"नवेली, तुम्हें अपने संग ले जाऊँगा। तुम मेरे पास रहोगी...!"

डरकर सिर हिलाया–

"यह न कहो–यह न कहो !"

मँझले ने कड़े गले रोक दी–

"तुमसे नहीं पूछता हूँ..." और लोई ओढ़ा मुझे बाँहों पर डाल नीचे उतर गए।

ड्योढ़ी की दहलीज पर हाथ पकड़ अर्ज की–

"मुझे कहाँ लिये जाते हो ? इस अभागी को अब इस घर से न निकालो।"

अँधेरे में मँझले न जाने कैसे-से दीखते होंगे। झिड़ककर बोले–

"चुप रहो !" और तबेले में जा खड़ा किया।

बाहर पानी थमा था, पर रह-रह बिजली चमकती थी। अपने आगे मुझे बिठा हाथ से कसकर घेर लिया। घोड़े को एड़ लगाई और निर्दयता से हँसकर कहा–

"अब भले ही फिरंगी के हाथों मर जाऊँ–मेरे पास मेरी नवेली !"

पाँच

राह के नदी-नालों में गले-गले पानी चढ़ा था। सूखी राहें ढूँढ़ते-ढूँढ़ते सरगी वेला हो आई। एक हाथ से मुझे थामे और दूसरे से रास सँभाले ऐसे घोड़ा दौड़ाए चले जाते थे कि सचमुच में ही रण में जूझने जाते हों। जी में रह-रह हौल पड़ता—सच्चे पातशाह, मेरा क्या होनेवाला है ? मेरा नसीब अब मुझे कहाँ लिये जाता है !

शिखर दुपहरी किसी पुरानी खंडहर हवेली के आगे मँझले नीचे उतरे, मुझे उतारा और दालान के अन्दर छोटी सी कोठरी में जा बिठाया। डरी-घबराई-सी इधर-उधर देखने लगी तो लाड़ जता बोले—

"नवेली, मेरे रहते तुम्हें डर काहे का ?"

नजर झुका अपनी तकदीर कोसती रही—अब

डरने और न डरने से क्या !

मँझले बिल्कुल पास आ खड़े हुए कि मुझ पर बरसेंगे, पर पीठ पर हाथ रख बोले—

"घड़ी-भर लेट हाथ-पैर सीधे कर ले नवेली, खतरा काहे का...! मैं सौ पहरुओं का एक पहरू !"

ओढ़नी का आँचल अपने ऊपर फैला लेटी और रात की थकी-टूटी नींद में खो गई।

जगी तो ऊपर झुके मँझले सिर पर हाथ फेर बुलाते थे—

"उठ नवेली, देर हुई।"

आँखें मलती-मलती उठी और कई छन मँझले की ओर तकती चली। फिर रुक-रुककर बोली—

"बिनती करती हूँ जी, कोटवाले शेखों के यहाँ मुझे पहुँचा दें। आपजी की करनी मैं जन्म-भर न भूलूँगी।"

मँझले कुछ बोले नहीं। कड़ी अँखियाँ घूरते रहे और बाँह से उठा घोड़े पर ला बिठाया। वही रास और वही घोड़ा!...

दिन ढलते शहर का परकोटा दिखा।

"तनिक कपड़ा नीचे कर लो। इधर-उधर लश्कर फैला पड़ा है...।"

दूर-दूर तक खालसों की चौकियाँ पड़ी थीं। नगर-द्वार पर आवाज पड़ी—

"रुक, राहगीर जवान !"

"जेहलमी टुकड़ी, हवलदारजी !"

"बढ़ जवान, सो ठीक !"

ढक्की से उतर मँझले चौक में उतर आए। घोड़ा रोक नीचे उतरे और हाथ बढ़ा मुझे उतार लिया।

अँधेरी सीढ़ियों पर से चौबारे चढ़ी तो इस मन से न

कुछ सोचा गया, न देखा गया। बस चढ़ती चली। हाथ पकड़ मँझले ऊपर ले आए और पलँग पर बिठा बाहर चले गए। आले में पड़े दीये को देखती रही। पहली जोत देख न सिर झुकाया, न हाथ जोड़े, न मन निमाया। बस बैठी-बैठी ऐसे देखती रही कि किसी से 'छू' गई हूँ और सुच्ची नहीं हूँ। यह जोत, यह दीये, घर-गृहस्थीवालों के...

तन्दूर से मँझले ने थाली ला आगे रख दी और लुकमा तोड़ मेरे मुँह में डाल बोले—

"इस हल्ले से बच निकला नवेली तो तुम्हें रानी बनाऊँगा, तुम्हारे लिए गहने गढ़वाऊँगा, पट्ट के लीड़े सिलवाऊँगा... ।"

बस देखती भर रही।

दीवट की लौ जब मँझले के हाथों धीमी हो गई तो छन-भर को कान लगा सुनने लगी—आज की रात मुझे क्या कहती है...क्या कहती है? रात कुछ बोली नहीं, केवल मँझले कुछ कहते रहे जिसे मेरा मन नहीं, तन सुनता रहा।

सुबह होती, मँझले कमर में फेंटा कस, सिर पर साफ़ा रख बाहर जाने लगते तो खबरदारी में द्वार बन्द करने को कहते। कर चुकती तो बाहर ताला डाल जाते। लेटी रहती। सोई रहती या उठ झरोखे में से चौक की ओर झाँक लेती।

साँझ गए मँझले लौटते। कभी मिठाई के दोने लाते, कभी सलमे-सितारे की जूती, कभी गोटेवाला पराँदा। एक रात आए तो छोटी सी पुड़िया मेरी हथेली पर रख दी।

"नाक की लौंग है नवेली, तुम्हारे ही नाक सोहेगी।"

हाथ में पुड़िया हिली-डुली नहीं। मँझले हाथ छू-छू

पूछने लगे–

"क्यों, क्या नथ चाहिए ?"

बिटर-बिटर अनझपी आँखों तकती रही, फिर थोड़ा सा हँस दी। कैसे कहूँगी मँझले से, मुझे सच ही क्या चाहिए !

दिन राह तकते बीत जाता, रात बीत जाती अँधियारे में !

रात सोई पड़ी थी।

नींद की माती को होश नहीं रहा। सोए-सोए बाँह बढ़ा दी कि पास दिवानजी हों और नींद में बोली, "नहीं...नहीं...दिवानजी...!"

"नवेली !"

लाड़ में बसी-रसी ने और भी सिर लुका लिया।

झकझोर मँझले ने जगाया और रुखाई से बोले–

"आँखें खोल नवेली !"

इस बार कड़ा स्वर सुन एकदम उठ बैठी और सहमी-सहमी अँधेरे में मँझले की ओर तकने लगी।

कुछ भी सूझ नहीं पाया तो पूछा–

"पानी लाऊँ ?"

मँझले ने हाथ पकड़ रोष में कहा–

"सच-सच कह नवेली, अब भी बूढ़े दिवान की याद करती हो ?"

जी तो हुआ, रो-रो कहूँ, 'क्यों न याद करूँगी अपने टीके राजे को', पर भयभीत-सी सिर हिला बोली–

"अपने मुन्ने को याद करती हूँ।"

ऐसा लगा कि मँझले सुनकर मार डालेंगे, पर अपनी ओर खींच मुझे छाती से लगा लिया और सिर पर हाथ फेर बार-बार कहते रहे–

"उसका नाम न लेना। तुम्हारी झोली हमारा लाल खेलेगा !"

जान, कि मँझले सो गए चुपचाप आँसू बहा-बहा अपने लाल की याद करती रही। किन हालों में हो, कहाँ हो मेरे बच्चे ? सौ-सौ जतनों तुम्हें इन तन में छिपाकर रखा था; पालन-पोसन का समय आया तो फूटी तकदीर तुम्हें जन्म देनेवाली को यहाँ खींच लाई !

एक रात मँझले लौटे। किवाड़ खोल अन्दर आए तो खुली साँस ले पूछा—

"यह लश्कर-छावनी यहाँ से कब उठेंगे ?"

मँझले पहले निर्दयी आँखों से तरेरकर देखते रहे, फिर रुखाई से कड़के—

"जा, जाकर रोटी-पानी ला !"

बाँदी की तरह हुक्म बजा लाई।

अगले दिन बड़ी रात-गए मँझले आए। बाहर का ताला खुला तो खटका जाना नहीं। कपाट बजते रहे, मैं सोई रही। नींद उचटी तो हड़बड़ाकर जागी। ओढ़नी सिर पर कुंडी खोली तो भरे गुस्से मँझले ने बालों से खींच मुझे नीचे दे पटका।

"पैंडा मार आया हूँ और तू बड़े घर की बहू बनी पलँग पर बिछी है।"

सिर झुकाए-झुकाए थर-थर काँपती रही—आज इस हड्ड की खैर नहीं।

"रोटी-पानी ला..."

चौके जा थाली परस लाई। पानी का कटोरा ले दुबारा आई तो भी मँझले उसी कड़ी मुद्रा में बैठे थे। भय से सहमी दहलीज में ही खड़ी रह गई। अंग-अंग काँपने

लगा। अब बचूँगी नहीं...

मँझले ने एक ग्रास मुँह में रखा, फिर चौड़ी हथेली पर टिकी थाली नीचे रख दी। दो कदम उठा पास आए और मुझे कन्धों से झकझोर चिल्लाए–

"अरी मेरा नासकरनी, मैं ऐसे नहीं मरता, तुझे मारकर ही मरूँगा !"

और पीठ पर धौल पड़ने लगी।

एक बार तो हुई कि छाती पर बैठ वैरी का गला घोंट दूँ, पर दो जनों की-सी देह देख झुक गई। पाँव पकड़ अर्ज की–

"जो कहोगे सो ही करूँगी। मुझे मत मारो...मुझे न..."

मँझले रुक गए तो भी हौसला नहीं हुआ कि उनकी ओर देखूँ। सहसा मँझले को अपने साथ लगे पा चौंकी। मेरी झोली में सिर डाल घुटे-घुटे गले बोले–

"मरने से डरती है मेरी बला नवेली, पर तुम्हें छोड़ कैसे मरूँगा ?"

पहली बार लाड़ से सिर पर हाथ फेर बोली–

"छिः छिः, मन में डर न लाओ। बलाएँ हुईं दूर..."

मिन्नत-मनौती से खिला-पिला बिछौने लिटाया और पैताने बैठ पाँव दबाने लगी। मँझले आँखें बन्द किए रहे। हाथ रुका तो आँखें खोल कहा–

"नवेली, इधर आ...मेरे पास !"

तड़के अभी लौ नहीं लगी थी। जाना, कि मँझले उठ बैठे हैं। साँस रोके पड़ी रही। डोल बजने से समझ गई, नहा चुके। मँझले अन्दर आए। झरोखे की ओर मुँह

किए जामा पहना, साफ़ा बाँधा, फिर कमरबन्द...

मचली हो और भी सिकुड़ गई। ऐसे भान हुआ कि मँझले पास आए, कई पल इस मुख पर झुके रहे, फिर लम्बा साँस भर बाहर हो गए।

चौकन्ने हो सुना, आज बाहर ताला नहीं पड़ा। पाँवों की आहट नीचे खो गई तो जाने कहाँ से आँसू बह आए ! उठी। बरसती अँखियों से नीचे झाँका तो चौक-का-चौक केसरिया पागों से भरा था। ऊँचे-लम्बे लड़ाके सरदार घोड़े को थाप देते, फिर रास सँभाल पूरे गले पुकारते—

"वाहगुरु का खालसा...श्री वाहगुरु की फतेह !"

दुपहर आई और चली गई। बुझे जी बैठे-बैठे त्रिकालाँ वेला आई। बार-बार सोचती, आज मँझले बाहर ताला क्यों नहीं डाल गए। जितनी बार जी को समझाती, उतनी बार ओढ़नी भीगती। दीवार से लगी बैठी थी। आँख लग गई थी, कि मुनादी की आवाज से हड़बड़ाकर उठ बैठी।

ढोल की थाप पर राज का ऐलान होता-होता चला गया—

"अपने वीरों के लिए, सिरों की सरदारियों के लिए मालिक से दुआ माँगो !"

राज के ऐलान से फतेह का जयकारा छूट गया। पल-पल चित्त भरमने लगा—क्या सचमुच बुरी घड़ी आन पहुँची...?

नीचे घोड़े का हिनहिनाना सुन जान-में-जान आई। झरोखे में से देखा, कुछ दीखा नहीं। जल्दी-जल्दी सीढ़ियाँ उतर चबूतरे के सामने पहुँची और ठिठककर पत्थर हो गई। घोड़ा अपने ठिकाने लौट आया था, पर घोड़े का सवार नहीं।

जाने कब तक खड़ी रही, खड़ी रही। ऊपर आई। हाथ से बिछौना टटोला और किसी का नाम ले समेट दिया। नाक की लौंग और हाथ की चूड़ियाँ उतार भू पर जा बैठी।

जिस जानेवाले ने जोर-जबर मनवा ही लिया था, उसकी मैं कुछ तो लगती ही थी !

अगला दिन दिन नहीं था, कहर था, घर-घर से रुदन फूटता था। हाहाकार उठता था। धूप निकलते तोपों की गड़गड़ाहट फिर मार करने लगी। नगर में खलबली मच गई। आज चौक में न साज-बाजवाले जोधा थे, न जोधाओं के लिशकते घोड़े। उदास पड़ा चौक साँय-साँय करता था।

दुपहर ढली तो गली-मुहल्लों के बड़े सयाने चौक में आ इकट्ठे हुए। ऊपर से ताकती रही। ढीली पगड़ीवाले किसी सयाने ने आकाश की ओर देख माथे पर हाथ रखा और सिर झुका फुसफुसाकर संकेत से कह दिया—

"फिरंगी आ गया !"

साफ़ों की लड़ों से आँखें पोंछते-पोंछते चौक खाली हो चला। क्या करूँगी ? अकेली कहाँ जाऊँगी ? दूर से आते, करलाते-रुलाते बैन सुनकर और भी घबराई। मल-मल हाथ मँझले को याद करने लगी—अरे मेरे वैरी, चले ही जाना था तो इस करमजली को किसी ठिकाने पहुँचा जाता !

चौक में से निकलती अभागी माँ-बहनों की टोलियाँ खुली छातियाँ पीटतीं चोह की ओर जाती थीं। सिर पर चद्दरा ओढ़ नीचे उतर गई और पल्ला खींच उन्हीं में जा मिली।

बड़ी सयानियाँ रह-रह बैन करतीं—"तुझ पर कहर

रे—हमारे हरे-भरे बाग उजाड़ दिए। हाय फिरंगी...हाय !"

जिस-जिस गली से निकलतीं और औरतें आ जुटतीं; और सयापा होता, और बैन पड़ते !

उत्तरी चौकी पर पहुँच पहरुओं ने रोका।

"उधर कहाँ माओ ! यह दिन चोह पर जाने का नहीं, वहाँ तो गोलियाँ बरसती हैं।"

माथे पर हाथ मार एक बड़ी सयानी बोली—

"अरे, अभी क्या कोई और दिन आने को है, जिनके पले-पलाए सूरमा गए वे गोलियों से डरेंगी ?"

चोह के किनारे अपनी-अपनी खेत हो गई गोदियों के लिए और लाहणियाँ पड़ीं; और छातियाँ पिटीं।

सात समुन्दरों पार गोरा लड़ने आया...
हाय...हाय...गोरा लड़ने आया...
छिन गए माँ के लाल...गोरा लड़ने आया...
हाय...हाय...गोरा लड़ने आया !

सात बेटों की खत्राणी माँ दम लेकर बोली—

"अपने जवान बेटों के फूलों पर फूल...! उन्हें नहीं, रोती हैं हम अपने वैरियों को !"

ठाह !...चोह के दूसरे किनारे गोला फटा—ठाह...ठाह...!

साथ खड़ी बूढ़ी माँ को भींच लिया—'हाय री माँ मेरी !'

रह-रह पास कहीं गोले छूटते थे, धमाके होते थे !...जिससे लगी खड़ी थी वह पकी देह ठंडी हो नीचे जा पड़ी। पलटकर देखा—कटी बाँहें, खुले सिर, लहूलुहान छातियाँ...

चीख मार औंधी जा गिरी।

छप...छप...छप...चोह में घोड़े उतरने की आवाज,

फिर कड़ा धमाका और पास आता जयकार...“वाहगुरु का खालसा ! श्री वाहगुरु की फतेह !”

हाथ उठाया कि कहूँ मुझे बचा लो...मुझे बचा लो...पर घिग्घी बँध गई, सिर चकराया और आँखों के आगे अँधेरा छा गया...। कानों में ललकार पड़ी—

श्री वाहगुरु का खालसा...

छह

होश में आई तो दीवट की लौ में कोई सयानी सिरहाने बैठी सिर में तेल झसती थी। आँखें खोली, पानी माँगा और घबराकर पूछा—

"मैं कहाँ हूँ...मैं कहाँ हूँ ?"

"अपना ही घर समझो बीबी रानी !"

यह लाड़-भरा सम्बोधन सुन चौंककर उठ बैठी। इधर-उधर देखा, बड़े-बड़े झरोखेवाले पसार में लेटी थी। कैसे आई हूँ, यहाँ क्योंकर आई हूँ, समझी नहीं। फिर अचकचा अगली-पिछलियाँ सब आँखों के आगे घूम गईं। चोह के किनारे...बड़ी-बूढ़ियों की टोली...गोली के धमाके...! घबराकर पूछा—

"यहाँ कैसे आई हूँ ? इस घर मुझे कौन लाया है ?"

"चिन्ता न कर बच्ची, मलिक राजों के घर तुम ऐसी जैसे अपने माँ-जाये के घर।"

फिर सिर पर हाथ फेरकर कहा—

"अच्छे भाग थे जो उस घड़ी बेटा चोह किनारे जा पहुँचा !"

"मेरी संगी-साथिनें कहाँ ?"

"बच्ची, यह जुद्ध-लड़ाइयों के दिन, खैर मना करमोवाली जो उस हल्ले से बच निकली। घोड़े पर डाल तुम्हें बेटा घर लाया तो बार-बार कहता रहा—'जिसे रब्ब का हाथ...' "

कुछ पूछने जाती थी कि भारी पाँवों की धड़क सुन पड़ी।

"सिर पर कपड़ा कर बेटी, इस घर का धनी पधारता है !"

देहरी पर से आवाज आई—

"बड़ी माँ, मेरी ओर से बहन का घर-पता पूछो !"

"बीबी रानी, अगले-पिछलों में से किसी का ही नाम ले दो।"

"कह दो बहना, कोई अता-पता दे दो। उन्हें तुम्हारी सुख-साँद भेजनी है !"

अपनी सुख-साँद की बात सुन आँखें छलछला आईं। रोकने पर भी रुलाई नहीं रुकी। मैं अभागिन किनका नाम लूँ...अपनों का...परायों का...।

"बड़ी माँ, मेरी ओर से बहन को कहो, हौसला करे। आज नहीं तो कल सही।"

देहरी पर से जाते-जाते फिर रुके—

"बड़ी माँ, बहन की सेवा-टहल में कमी न हो।"

इस अभागी का इतना सत्कार ! मैं तो इस जोग

नहीं ! इस जोग नहीं !

बैठी-बैठी आँसू बहाती रही।

"चिन्ता किस बात की बेटी ? अब तुम्हारी आब इस घर की आब !"

मन ही मन हाहाकार करती रही। अब मेरी आब क्या रह गई है !

"बेटी, भले घर का रंग-रूप कब छिपता है ! तुम्हें देखते ही समझ गई थी..."

सह न सकी। बड़ी माँ के मुँह पर हाथ रख सिर हिला-हिला बोली–

"कुछ और न कहो...कुछ और न कहो।"

बड़ी माँ प्यार-जतन से चुप कराती रही।

"घबरा न बीबी रानी, इन जुद्ध-लड़ाइयों में यही हाल हीले। कुछ ठीक-ठिकाने हो तो जहाँ कहोगी बेटा आप पहुँचाकर आएगा।"

बड़ी माँ ने गर्म-गर्म बादामों का सीरा पिलाया, सिर तेल रचाया और कपड़ा ओढ़ा थपकी दे-दे बोली–

"सो जा बेटी ! यह जान कि सासरे से दो दिन के लिए अपने वीर के घर आई है।"

सचमुच ही ऐसा होता ! एक बार ऐसा हो जाता तो इस कलेजे ठंड न आ पड़ती !

सपने हो गए वे मीठे दिन ! शेखजी...वीर... माँ...और लाड़ला लाल मेरा। आड़े समय साथ देनेवाली मौसी री, तुमने इस अभागी की खोज-खबर क्यों न ली !

आँखें बन्द कर लीं तो दिवानजी पास आ खड़े हुए। हँसकर बोले–'मुझे भूल गई मालन !' सिर हिला-हिला कहती चली–'नहीं...दिवानजी नहीं। आपजी के राज में ही वह छोटी प्यार की ऋतु आई थी; और चली गई आँख

झपकते...!'

प्रभाती बड़ी माँ ने झकझोरकर जगाया।

''गजब हो गया बेटी ! फिरंगी की चौकी चढ़ते खंड आन पड़ी।''

फटी-फटी आँखों देखती चली।

''बेटी, रब्ब का हाथ मेरे मलिक राजे पर !...रण में जाने को तैयार खड़ा है। तनिक मिल तो आओ !''

संकोच में कुछ बोली नहीं।

''लाज काहे की बिटिया, तुम तो उसकी धर्म-बहन!''

छन-भर कुछ सोचती रही, फिर ढंग से ओढ़नी ओढ़ पाँव उठा लिये।

''बड़ी माँ, कलसा भर पानी और मीठा ले आओ !''

हाथ में सगुणों का मीठा जल ले आँगन पार बैठक की देहरी पर पहुँची तो बहनों की-सी सगी आवाज में बोली–

''अन्दर आती हूँ वीरजी !''

''आओ बहना !''

बैठक में जा अपने नए वीर को देखा, देखती रही...देखती रही...। सिर पर पट की केसरिया पाग, कमर पर चमचमाती मूठ और नीचे खड़ा रण का घोड़ा।

कैसा दिन है...यह कैसी घड़ी है !

कुछ कहूँ कि दक्खिनी द्वार से रण-भेरी बज उठी और छलछलाती आँखें छम-छम बरसने लगीं।

नए वीर से न कुछ कह पाई, न सुन पाई।

''आओ बीबी रानी, खुशी-खुशी वीर को सगुण दो, हँसता-खेलता घर लौटे।''

''बहना, घड़ी का क्या पता ! लौटूँ, न लौटूँ, पीछे

का नाम-पता नहीं बताया।''

आँखों से आँचल लगाए रही—''उसकी बात न हिलाओ वीरजी !''

हवा में थर्राती तन-मन हिलाती फिर वही रण-भेरी बजी। वीर तनिक हँसे।

''आज तो चला बहना ! लौट आया तो तुम्हें सासरे पहुँचाने जाऊँगा। बड़ी माँ, बहन के विदाई के कपड़े-लीड़े बना रखना।''

सुनकर आँखों की राहों मन ऐसे बहा कि रोती चलूँ...रोती चलूँ...।

आगे-आगे बाहर आई। ड्योढ़ी पर मीठे से भरा हाथ आगे बढ़ाया और फिरंगी से लड़ने जाते वीर की रण-बाँकी पोशाक देख अपने को सँभाल नहीं पाई।

रोते-रोते बोली—

''मेरे इस सगुण की लाज रखना वीरजी, राह तकती रहूँगी।''

उदास-उदास अँखियों से मुझे निहार बड़ी माँ को सिर झुका वीर कूदकर घोड़े पर जा चढ़े। रास सँभाली और वह गए...वह गए...!

चौखट पर हाथ टिकाए अन्धी आँखों से बाहर की ओर देखते-देखते सोचती रही—किसकी ड्योढ़ी खड़ी हूँ, किस मान-अधिकार से इस घर के धनी को विदा कर चुकी हूँ ? कौन हूँ मैं, कौन हूँ ? मुँह-बोली बहन ! क्या इसीलिए रोती हूँ ?

उस दिन दुपहर उतरी, पर संग न धूप लाई, न गर्मी। धूल-भरी तीखी हवाएँ साँय-साँय चलती रहीं। पतली पानी धूप की न छाँह, न लिशकारा ! ऐसा मरा-मरा दिन कि

न ताप, न ठंड। सूरज देव का सत्त जैसे कोई हर ले गया हो !

हवेली की पक्की पुख्त दीवारें, घुर चौबारे साफे-सजे सिर-सा बुर्ज और उस पर कलगी-सा लहराता बावटा।

बड़ी माँ से पूछा—

"इस गढ़ी पर किसकी सरदारी बड़ी माँ ?"

"अपने मलिक राजों की बेटी ! कभी दिन थे बच्ची इस गढ़ी के भी; देस-देसावर डंके बजते थे। सुरंगों में वासा हो बड़े राजे का बेटी, वह सिंह-स्वरूप सूरमा अपने दोनों भाइयों समेत पिछली लड़ाई खेत गया।

"बच्ची, वह दिन याद करती हूँ तो छाती दहल जाती है। आखिरी बार जुद्ध में जाने से पहले धनी चाव-चाव ऊपर पधारे तो दोनों शूरवीर भाइयों के संग अनोखे रणबाँकुरे दीखे।

"सचमुच की महारानियों-सी सूरतवाली बड़ी रानी को पुकारकर कहा—'जयकौराँ, जबसे तुमने लड़ पकड़ा है, इस हाथ सदा जय ही जय ! आज भी अपना मन्त्र दो सयानी, तो गोरे दुश्मन को ठंडा कर आएँ।'

"सुच्चे लीड़े पहरे बड़ी रानी हँसती-लजाती पास आई। सभी भाइयों के पाँव पूज तिलक किया और मुँह मीठा करा बोली—'पहाड़ोंवाली देवी की रक्खया मलिक राजों को...!'

"बड़े मलिक हँसकर अपनी गोरी-चिट्टी को देखते रहे, फिर सिर हिला हँसे—'जयकौराँ, मेरे लिए तो तुम साख्यात पहाड़ की सिद्ध देवी ! इन छोटे सूरमाओं को भी आशीर्वाद दो...!'

"बड़ी ने सिर झुकाया और लजाती-सी ने कहा, 'अब आप जी पधारें...!'

“बच्ची, वह घड़ी, वह दिन पल आज भी इन आँखों में बसा है—यहीं इस बारहदरी में जैसे पूरा-का-पूरा परिवार किसी ने मूरत में उतार दिया हो।

“बड़े मलिक जय-जयकार में नीचे उतर गए तो आँखों का पानी छिपा बड़ी देवरों की ओर मुड़ हँसी—‘छोटे कुँवरो, वैरियों को जुझा तावली-तावली आना। मेरी दोनों कुँवरानियाँ चूड़े-लीड़े पहन ऐसी हाजर रहेंगी कि मीठे की पुतलियाँ हों !’ ”

“हँस, बारी-बारी से देवरों ने रानी भाभी के पाँव छुए, फिर झरोखे में से झाँकती कुँवरानियों से विदा ले चिट्टी घोड़ियों जा विराजे ! ऐसे गए...ऐसे गए वे तीनों सूरमा...न जानेवाली घड़ी वह लौटी, न लौटे कुँवरानियों के कुँवर !

“दीवा-जले बुरी खबर आन पहुँची। एक ही माँ के जाये एक ही खेत संग-संग सुरंगों की राह हो लिये।

“अपनी ऊँची अटारी से बड़ी नीचे आई और देवी के आगे बैठी-बैठी पत्थर हो गई।

“रात हो गई। प्रभात हो गई। रो-रो देवरानियाँ मिन्नत करें, पाँव लगें, ‘आँखें खोलो बड़ी बहना, इन अभागिनों को अब आपजी का ही हौसला !’

“मुँह पर छींटे दे-दे जगाया, हिलाया, डुलाया पर देवी के आगे पड़ी-पड़ी बड़ी ने आँखें न खोलीं। पाँदे-पंडित जाप करने लगे। हजूरिए-टहली आस लगाए खड़े रहे—

“‘एक बार होश में आएँ मलिकों की बड़ी सयानी ! हुक्म करें तो तिलक हो छोटे कुँवर का और अटल रहे मलिकों की सरदारी !’

“दुपहर ढलते-न ढलते बड़ी ने आँख परतीं, पानी

मुँह लगाया और कुंवरानियों को संकेत से बोली—'देवी के आगे ओट कर दो बीबी रानियो और मुझे नीचे ले चलो।'

"अचरज में रोती-पड़ती देवरानियों ने पूजने जोग अपनी बड़ी को नीचे जा लिटाया। आदर से ऊपर झुक बड़ी देवरानी ने अर्ज की—'छोटा सूरमा हाज़र महारानी, तिलक का हुक्म हो !'

"आँखों से बेटे को अपने पास बुला डूबते कंठ बड़ी बोली—'पूजने जोग पिता के लिए नमन हो बेटा, अब उनका राज तलवार तुम्हारे हाथों...'

"तब झपती आँखों छोटी देवरानी का हाथ टटोल बोली—'बहनेली, देवी लाख देवी हो, पर बिन-ब्याही कँवार न होती तो मेरी कुँवरानियों को नजर लगाती ! आज से इस घर पूजा देवी की नहीं, तलवार की !'

"तुलसी-दल ले मलिकों की भारी गौहरी जयकौराँ अपने धनी की राहों जा पड़ी।

"बेटी, उसी रानी माँ का कुँवर तुम्हारा मुँह-बोला वीर आज इस घर का राजा है।"

"बड़ी माँ, पर रानी की देवरानियाँ क्या हुईं ?"

"दुख-विजोग में सूखती-सूखती बड़ी साल-भर में पूरी हो गई और जी भर-भर कुँवर की लाड़ली छोटी रो-रो अपने बाबुल के घर जा बैठी। बेटी पाल-पोस इन हाथों जिसे बड़ा किया अब तो जिए घर का सिंह ! मैं पुरानी खलावी तो स्वास-स्वास तरसती हूँ। इन जुद्ध-लड़ाइयों से निपटे तो सुख के दिन आएँ..."

"फिरंगी का लश्कर क्या अपने खालसों से जबर है बड़ी माँ ?"

"बीबी रानी, इस बार जोर की छिड़ी है। वह घड़ी

जब सिंह सूरमा रण जीत के घर आएँ...''

कहते-कहते बड़ी माँ ने आँचल की खूँट दाँतों में दे ली और माथे को फटकारकर बोली–

''मर जाऊँ, आग लगे इस मुँह! क्या-से-क्या बोल जाती हूँ। बेटी, रब्ब की दरगाह सब-कुछ ! उसका हाथ हो तो क्या तातार, क्या फिरंगी !''

दिन-भर गोले फटते रहे। शाह जहाँगीर के मैदान से रह-रह धमाके होते...रह-रह धुएँ उठते ! बार-बार कान बजते ! कभी तो खालसों का जयकारा हो; अपनों की ललकार हो ! एक बार तो गूँजे–'वाहगुरु का खालसा... श्री वाहगुरु की फतेह !'

पर पूरे दिन न कोई जयकारा उठा न कोई शोर ! नगर का नगर मौत के सन्नाटे गुम-सुम पड़ रहा। जब-जब धमाके होते, सुन-सुन दिल दहलता, आँख फड़कती।

अँधेरा पड़े न चिराग जले, न तन्दूर ! छज्जे पर से जब-जब नजर बाहर जाती, जी भरमता–ऐसे अपशकुन क्यों, अच्छी-बुरी के मालिक, हमारे जोद्धाओं को जीत-बल दें कि यह बुरी घड़ी टल जाए !

किसी ने न कुछ खाया-पिया, न कहा-सुना। दास-दासियों ने चुपचाप थालियाँ परसीं, सामने ला रखीं और अपने-आप ही उठा लीं !

मुँह-सिर ढाँपे शक्ति का जाप करती बड़ी माँ बीच-बीच में चौंकतीं–'जा बेटी, उठकर नींद ले,' और फिर अपनी सोचों में खो जातीं।

लेटे-लेटे मुँह-बोले वीर की मूरत-सी सूरत आँखों के आगे घूमती रही। चौड़ा माथा, नूर-भरा चेहरा और राजाओं-सी आँखें !

पिछले पहर आँख लगी थी कि बिगुल की आवाज सुन चौंककर उठ बैठी। बड़ी माँ को हिलाकर जगाया–

"सुनो तो बड़ी माँ, यह किस ओर का जयकारा है ?"

बड़ी माँ छन-भर कान लगाए सुनती रही, फिर सिर हिला-हिला कहा–

"कहर रब्ब का, यह गूँज अपनों की नहीं..."

देखते-देखते अगणित घोड़ों की टाप गलियाँ रौंदने लगी। झरोखों से देखा–टोप पहने फिरंगी कतारों-ही-कतारों में...

अरे, अपने ऊँचे लम्बे सरदार कहाँ हैं ? कहाँ हैं उनकी केसरिया पागें ? अपने वीर सूरमाओं को धूल में लुटा सेहरा वैरियों के माथे जा चढ़ा था।

बड़ी माँ से देखा नहीं गया, रो-रोकर बोलीं–

"अरे दुश्मनों, तुम्हारे नहीं, तुम्हारी माँओं के पुण्य होंगे जो जीते-जागते हमारी छातियों पर चढ़े आते हो !"

टप्प...टक्क...ठक्क...ठक्क...ऐसी चाल फिरंगी की कि कलेजे चोट पड़े।

दिन चढ़ते अचानक जैसे मुर्दे के सिरहाने ढोल बज उठा। ढोलिए की फटी-फटी सूखी आवाज कानों को चीर-चीर जाने लगी।

"खलकत सुन ले, खालसों को हरा अंग्रेज बहादुर रण जीतकर आए हैं। जिसकी सरदारी, उसका सिक्का... जिसका सिक्का...उसकी खलकत...!"

सुनते ही बड़ी माँ ने पल्ला खींच लिया और रो-रो बोलीं–

"हाय...हाय...रणबाँके मेरे लाडले...सोने-सी झलमलाती तेरी मिट्ठड़ी देह !"

बड़ी माँ को झकझोर-झकझोर चुप कराने लगी—

"शुभ-शुभ बोलो बड़ी माँ...क्या पता वीर लौट आए !"

सिर हिला-हिला माथे पर हाथ मारती बड़ी माँ बोलीं—

"अरी भोली बच्ची, सिंह-सूरमा के घर का सिरताज क्या पीठ देकर लौटेगा ? जानती हूँ...मैं अभागी जानती हूँ....राजा खेत गया ! हाय...हाय...राजा खेत गया...!"

सात

माँओं के लाल गए। बहनों के वीर गए। सुहागिनों के सिरों की सरदारियाँ गईं और गया राजवालों का राज-पाट। पिछले पक्ख तो घर-घर जवानियाँ सोभती थीं, आज सब-कुछ गँवा-लुटा माँओं की झोलियाँ खाली हो गईं। न बाँहें रहीं, न बाँहों के छनकार !

नगर-भर में किवाड़ चढ़ गए, कुंडियाँ लग गईं और घर-घर सोग-सयापे छा गए। हवेली के ऊँचे कपाटों लोहे की साँकलें चढ़वा बड़ी माँ सेवादारनों-टहलनों के संग पिछले आँगन जा बैठीं। किसी ने लाहणी डालने को पल्ला खींच लिया तो बड़ी माँ छन-भर फटी-फटी अँखियों देखती रहीं, फिर जैसे होश में आ, हाथ में रोक दे बोलीं—

"भले ही मन का भरम हो बहनेलियो, पर रब्ब के घर कमी नहीं। यही मनाओ गुरु गुसाईं अच्छी खबर लाएँ..."

सुनकर किसी ने न आँख झपकी, न पलक परती।

बड़ी माँ होश में तो हैं ! रात-भर जिसे याद कर बैन करती रहीं, वह वीर सूरमा इस घर का, क्या जीता-जागता लौट आएगा ?

साँस रोके कई जुग ही बीत गए। कान ऐसे कि बाहर की ओर लगे रहे—ड्योढ़ी पर से अब आवाज पड़ी...अब आवाज आई !

बड़ी माँ बैठी-बैठी ऊँघने लगीं तो मन-ही-मन सोचती रही—ये सब मेरी लिखियों के ही लेख हैं। जहाँ पाँव रखती हूँ वहीं बुरा बरत जाता है। क्या पता था जिस घर शरणी आऊँगी उसी घर की दुर्दशा भी देख लूँगी।

रुके-रुके पाँव गुसाईं पैड़ियों पर से ऊपर आए तो कुछ बोले नहीं। बेबसी से सिर हिला-हिला चुपचाप आँखों से पानी बहाते रहे।

चौंककर बड़ी माँ ने आँखें खोलीं तो खिंचे हुए पल्ले देख सब समझ गईं। उठती-पड़ती पास आईं और गुसाईंजी के पाँव पकड़ फूट-फूट कर रोने लगीं—

"किसका तिलक करोगे गुसाईं, अब किसे गद्‌दी पर बिठाओगे ?"

गुसाईंजी पहले खड़े-खड़े रोते रहे, फिर बड़ी माँ को हाथ से उठा भर्राए कंठ बोले—

"जानता हूँ, सब जानता हूँ ! रुकमन, जिसे स्वास-स्वास हजार जतनों से तुमने पाला था, वह वीर सूरमा कुल-पुरखों-सा ही रण में खेत गया..."

सुनकर एक-एक की अँखियों में दरिया उमड़ आए।

गुसाईं क्या कहें, कैसे कहें !

"बहना, जी कड़ा कर उसकी अन्तिम जात्रा का सामान जुटाओ। तुम्हीं उसकी अपनी और तुम्हीं उसकी बड़ी।"

सुनते ही बड़ी माँ मानो होश में आ गईं ! हिचकियाँ रोक आँखें पोंछ लीं और हाथ फैला बोलीं—

"अरी, खड़ी-खड़ी क्या तकती है ? सामान निकालो और वीर-पूजा के लिए तहखाने बुहार दो !"

शास्त्र-मर्यादा से गुसाईंजी ने कुल की रक्षा करनेवाली सबसे पुरानी तलवार चौकी पर रखी, काँपते हाथों जोत जगाई, तो बड़ी माँ से सहा नहीं गया—

"बड़े गुसाईं, अब किसलिए जोत जगाते हो ? इस घर की जोत-जुगत तो सदा को चली गई...तुमने कोई उपाय नहीं बताया, कोई जतन नहीं सुझाया...तुम्हारे धर्म-शास्त्र का ही दोष होगा।"

सिर नीचा किए-किए गुसाईं ने पूजा समाप्त कर दी और गले में दुपट्टा डाल जाने को उठ खड़े हुए कि बारी-बारी से सब-की-सब पाँव पकड़ हाहाकार करने लगीं—

"गुसाईंजी, जिस राजे का सेहरा-टीका करना था तुम्हें, उसे आज सदा को विदा करने जाते हो !"

अन्दर से बड़ी माँ दुशाला निकाल लाईं और माथे से छुआ गुसाईं के हाथों पर डाल दिया। फिर सबको झिड़ककर बोलीं—

"अरी बुरे माथेवालियो, अब जाने दो गुसाईं को ! दिन रहते राजे को सुरगों पहुँचना है !"

रोते-रोते गुसाईंजी ने ड्योढ़ी पार की। इस घर के सूरमे सदा खेत होते आए, पर आज तो उनकी पुरोहिताई

में कुल-का-कुल मिट गया !

पीट-पीट बड़ी माँ की छातियाँ नीली हो आईं। जितनी बार दोहत्ती देतीं, तड़प-तड़प जातीं—

"जुद्ध-लड़ाइयों में लगे-लगे तुझे सुख की घड़ी न आई ! कितनी बार कहती थी, कितनी बार समझाती थी, कुछ पीछे का तो सोच बेटा..."

मुँह-बोले वीर की सूरत रह-रह आँखों में घूमती। चौड़ा माथा, नूर-भरा चेहरा और राजाओं-सी रौबीली आँखें...

बड़ी माँ रो-रो निढाल हो गईं तो हाथ से सहारा दे पास बिठा लिया और बड़ी सयानियों की-सी आवाज में बोली—

"जिगरा करो बड़ी माँ, जिगरा करो..."

टकटकी लगाए बड़ी माँ कई पल देखती रहीं, देखती रहीं, जैसे मुझे फिर पहचानती हों। फिर खींच मुझे अपने गले से लगा लिया—

"बेटी, नहीं जानती, तू नहीं जानती। राजे से हाथ बाँध सौ-सौ मिन्नतें की थीं—एक रात को रानी समझ तुम्हारी ही झोली में लाल डाल जाए। पर मरनेवाले के बचन ! जितनी बार कहा, मुझे हाथ से बरज दिया 'बड़ी माँ, जिसे इस मुँह से एक बार बहन पुकार लिया, वह जीते-जी बहन ही रहेगी, कोई दूजी नहीं।' "

इस बार बड़ी माँ नहीं, मैं रोने लगी। मुझ अभागी को बहन पुकारनेवाले वीरजी, क्या जानती थी आपजी के किसी काम न आ सकूँगी ! इस जोग भी थी मैं जो मेरा इतना मान किया...

दिन-ढले किसी ने आ हवेली के किवाड़ खड़काए तो बूढ़े

कामदार ने द्वार खोल, आनेवाले का न नाम-पता पूछा, न काम-कारण पूछा, न कहीं की खोज-खबर माँगी। बस सिर का साफ़ा उतार धरती पर रख दिया और रुँधे गले बोले–

"जिसका अगला-पिछला सब खाक-सा हो गया, उस घर का अब क्या देखने आए हो ?"

आनेवाले ने तीखी नजरों इधर-उधर देखा और भेद-भरी आवाज में कहा–

"हवेली के पिछवाड़े आँख रखना कामदार, फिरंगी और रब्ब की नजर सब जगह..."

कामदार सिर हिला-हिला देखते रहे, फिर माथे पर हाथ मार बोले–

"आँख उसकी जो भेद ले और नाम उसका जो भेद दे, पर बरखुरदार, अब इस उजड़ गए घर का कौन सा भेद लोगे ? जाकर किसी दूजी हवेली की टोह लो।"

बूढ़े कामदार गले से खँखारते ऊपर आए और हाथ मल-मल बोले–

"क्या कहूँ, इस मुख से कहा नहीं जाता, पर बीबिओ, जिस-जिसने धनी का अन्न-पानी खाया है वह जिन्द रहते उसे न बिसारे !"

जाते-जाते कामदार बड़ी माँ को आवाज दे बोले–

"रुकमन बहन, इस मरने जोग भाई को माफी देना, अब अच्छी-बुरी का रब्ब ही मालिक !"

सुनकर बड़ी माँ गहरी सोचों में जा डूबीं।

"अरी, इन गोरे वैरियों का क्या भरोसा ? जाने किसके सिर क्या-क्या बन आएगी ?"

फिर सबको समझाकर कहा–

"कपड़ा-लीड़ा ढंग का रखो तन पर और ऊपरवाले

अँधेरे पसार आ बैठो।"

अँधेरे घुप्प पसार में सब-की-सब भू पर जा लेटीं तो बड़ी माँ रो-रो सूख गए गले से अपने-आपसे ही बोलीं–'अरी रुकमन, उजड़ गए तेरे महल ! तू अभागी मनाती रही राजे का बाग खिलेगा, न बाग रहे, न बागोंवाले... ।'

जितनी बार करवट लेतीं, उतनी बार होके भरतीं–'मैं निपुत्री इसी जोग थी...इसी जोग थी...'

कच्ची पतली नींद अभी सोई ही थी कि कोई टहलन झँझोड़कर बोली–

"अन्धेर साईं का बड़ी माँ, तबेलेवाली कोठरियों में आग!"

हड़बड़ा उठ चोर-झरोखों की ओर उठ धाई। तबेलेवाले छज्जे से उठती लपटें आँखों के आगे लपलपाने लगीं।

आग...आग!

बड़ी माँ ने माथा पीट लिया। 'बुरे दिनों में मतिभ्रष्ट...। यह काम किसी भेदी का...। मंडी से लगी कोठरियों में अपना ही असला था। रब्ब की रब्ब जाने ! क्या हुआ...किसने किया...'

भड़-भड़ उठती आग को देखती थी कि ड्योढ़ी की ओर घोड़ों की टाप सुन पड़ी।

हाथ-पैर पड़ गए। किधर जाएँ...कहाँ छिपें, कि बड़ी माँ चिल्लाईं...

"अरी तहखानों में जा लुको !"

गिरती-पड़ती पैड़ियों पर से उतरने लगीं कि हरहरा ड्योढ़ी के संगल बज उठे, किवाड़ टूटे और फिरंगी की जुल्मी टुकड़ी धड़धड़ाती अन्दर आन पहुँची।

छिपने-भागने की नौबत नहीं आई। पलक झपकते ही सब-कुछ हो गया। कामदार को औंधा गिरा कोई पतला पतंग सुनार-सा दिखता, बड़ी माँ का छोर खींच बोला—

"अरी रुकमन, बड़ों-बड़ों के खेल बिगड़ गए, पर तू अभी मरी नहीं..."

बड़ी माँ का चिट्टा पूनी रंग !

कुछ कहने को हुईं, पर आवाज न निकली। किसी ने मेरी ओर लपक ठट्टा किया—

"वाह रे बागी मलिक ! ऐसा बिछौना छोड़ तू खेत गया !"

अपमान से थर-थर काँपने लगी कि कड़कड़ाती आवाज पड़ी—

"पकड़ लो शैतान की बाँदियों को...! साहब बहादुर का हुक्म है !"

कलाई पर हाथ पड़ते ही चिल्लाई—"हाय री माँ मेरी !"

बड़ी माँ में जैसे किसी की रूह उतर आई हो। झपट मेरी बाँह पकड़ ली और पूरे गले गरजकर बोलीं—

"कीड़े तेरे बीज पर रे बदकार !"

किन्हीं मजबूत हाथों ने बड़ी माँ को धक्का दे, कन्धों से पकड़ मुझे अपनी ओर घसीट लिया।

"सरदार मलिक की रखैल है साहब, बारूद को आग इसी ने दी।"

"कहाँ लिये जाते हो ! अरे मुझे कोई छुड़ाओ, इन जुल्मियों से बचाओ..."

बेहोश पड़ी बड़ी माँ को देख फिर चिल्लाई—

"अरे कोई छींटा दो, मुँह में पानी दो !"

हत्यारों की जकड़ में मछली-सी तड़पती ड्योढ़ी के बाहर घिसटती चली।

अपनी ओर ध्यान गया तो देखा ओढ़नी नीचे लटकती है और आगे कपड़ा नहीं। जोर से झटका दे अपने को छुड़ाकर बोली—

"अरे बेदर्दियो, कपड़ा तो ओढ़ लेने दो..."

किसी ने ओढ़नी उठा मेरे मुँह पर दे मारी और निर्लज्जता से हँस-हँसकर बोला—

"बड़े घर की खटिया, अब तू क्या-क्या न ओढ़ेगी !"

जिन-जिन राहों निकली टुकुर-टुकुर खोजती रही, कोई तो हो माई का लाल जो इन जुल्मियों से बचाए। कोई तो हो बहनों का वीर जो अपनी बाँहों इनका लहू गिराए। भाग खोटे इस बुरी किस्मतवाली के, लड़ने-मारनेवाले बाँके तो जूझ गए खेत में। इसी घड़ी होते कभी मँझले तो कोई छू तो देखता इस देह को। इन गोरों का भी राजा लगता मेरा बाँका वीर होता तो देखता इस दुखियारी बहन के हाल !

झटका दे सिर पर ओढ़नी खींच ली और अपने मुँह-बोले भाई की बहन-सी सिर उठा चलने लगी।

गोरों की छावनी आई कि कातिलों का गढ़ आ गया। पत्थर-मुँही शक्लों पर फड़फड़ाते काल-जैसी आँखें। किन्हीं जन्मपिट्टी डायनों के कुछ लगते होंगे।

तम्बुओं पर गड़े तम्बू और पहरों पर जमदूतों-से खड़े फिरंगी ! बड़े साहब की कचहरी के बाहर खड़ी-खड़ी जान गई, आज किस्मतों के वारे-न्यारे ! लाख फैली रहे फिरंगी की छावनी...जब पाशो ने मन में ठान ली तो डर क्या और भय क्या...। ठिठुरती सरदी, खुले में खड़े-खड़े पहर

रात बीत गई। न कचहरी से हाँक पड़ी, न फिरंगी के सामने हाजिरी हुई।

अपनी देसी टुकड़ियों के भगोड़े सिपाही ताव दे-दे अपनी खूँख्वार शकलों को आसपास मँडराते और टोह ले-ले पूछते—'कौन हाजिर...? यह हाजिर...? वह हाजिर ?'

बन्दियों के हो-हल्ले में कोई बैठने लगता तो हुक्म होता—'कोई न बैठे। यह लाहौर राज नहीं, गोरों की कचहरी है।'

आँखों पर से तनिक-सा कपड़ा ऊँचा किया और टोहने लगी, इस टोली में कोई अपना मुख दीख पड़े, पर पके, सयाने चेहरों में किसी की झलक तक न पड़ी।

ठंडी हवाएँ तीर-सी अंग-अंग लगने लगीं। हिम्मत बाँध पहरुओं से पूछा—

"वीरा, कचहरी में कब हाजरी होगी ? कब सुनवाई होगी ?"

जवाब में हिन-हिनकर पहरू मसखरी करने लगे।

"आवाज तो नाज़ो तेरी मीठी, पर मुँह खोलो तो पता पाएँ, साहब बहादुर तुम्हें रात के किस पहर बुलाएँगे।"

सौ-सौ लानतें-फटकारें दे अपनी जगह आ बैठी। सूरमाओं की यह जूठनें...

सिर पर दोहरी ओढ़नी ओढ़ सिकुड़ी-सी बैठी-बैठी रात बीतने की राह तकने लगी—बीच-बीच में पहरुए बदलते और गोरे फिरंगी की फुंकार से ललकारते—'खबरदार !'

चुप हुआ लश्कर नींद में खो गया। ऊपर देखने लगी। सिर पर गहरी काली रात ! श्रवण की बहँगी अपनी आधी यात्रा पूरी कर चुकी। पर मैं अभागी ऐसी कि मझधार में

पड़ी हूँ। प्रारब्ध के रंग ! नानी झूठ न कहती थी—एक बार का थिरका पाँव जिन्दगानी धूल में मिला देगा। सच होके निकली नानी की वाक्-वाणी। सरदी में ठिठुरती मुँह-सिर लपेट भू पर ही लेट गई। अब मुझे किस घर की बात सोचनी है ? किस ठौर-ठिकाने की राह देखनी है ?

आँख लगी ही थी कि भारी गले कोई फुसफुसाहट सुन चौंकी।

"कौन है ?"

"बागी मलिक की रखैल।"

सिर उठा आँख खोलने को हुई कि मुँह पर किसी ने कड़ा हाथ रख दिया। छटपटाई, घुटते गले आवाज घरघराई और आँखों के आगे अँधेरा छा गया। काला स्याह अँधेरा, कि काले पानियों हाथ-पाँव मारती होऊँ।

ठाह...ठाह...कान के पास होते धमाके...घोड़ों की टाप...फिरंगी की कचहरी और पास बढ़-बढ़ आतीं भयावनी सूरतें !

मैं कहाँ हूँ...मैं कहाँ हूँ ?

चीख मार डर से आँखें खोल दीं। दो चौड़े कन्धे ऊपर झुक आए। सिर पर हाथ फेर किसी ने कहा—

"इधर देख बच्ची, माँ तुम्हारी तुम्हारे पास और पास तुम्हारी पूजने जोग मौसी !"

अचरज में भूली-भटकी आँखों को सुझाई दिया तो माँ की लौंग पहचान बाँहें आगे बढ़ा दीं और छम-छम रोने लगी।

"जिगरा करो...जिगरा करो बच्ची...अब तुम घर आन पहुँची। मौसी के कहे वीर तुम्हारी खोज में न जाने कहाँ-कहाँ भटका किया। कल रात फिरंगी की कचहरी

में तुम्हें पहचान...''

बीच में ही माँ मेरा माथा चूम शेखजी से बोली—

''शेखजी, माँ ज़िन्दा से कहें दिवानों के लाड़ले को लाए। बेटी के वीर को बुलाएँ; आज उन्हीं के पैरों का सदका, बिछुड़ी बिटिया हमारी डार में आन मिली !''

●●●

चिलियांवाला, गुजरात में सिक्ख और फिरंगी सेनाओं के बीच लड़ाई की रण-नीति का नक्शा।

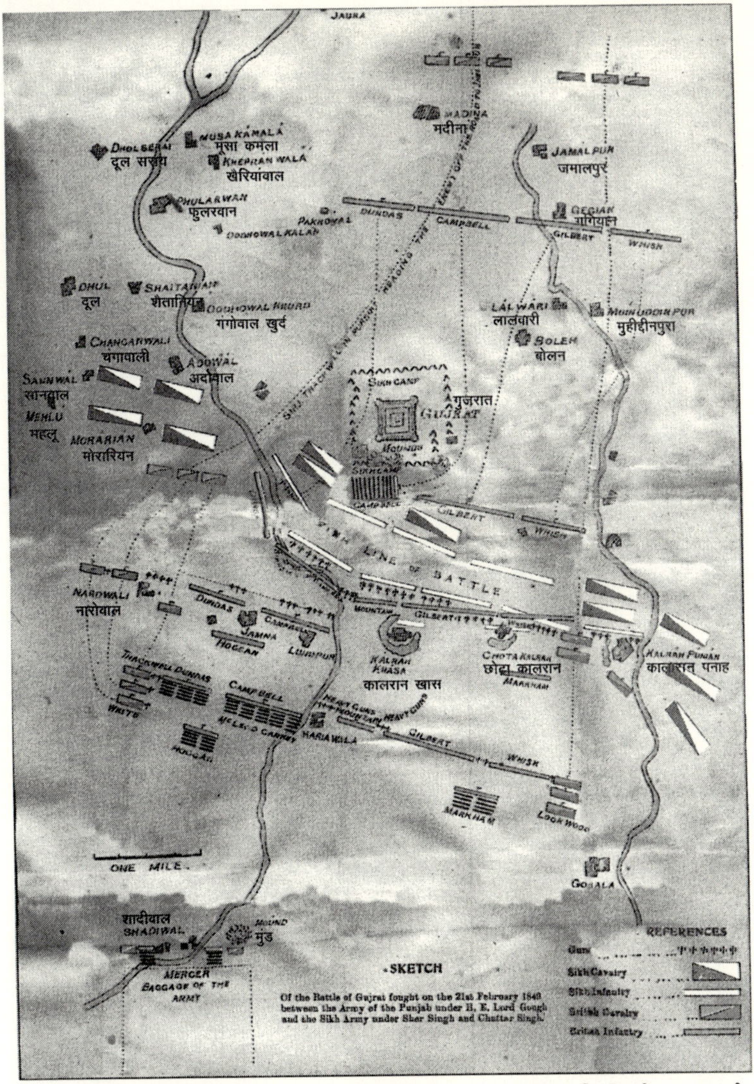

सिक्ख और फिरंगी सेनाओं के बीच हुई चिलियांवाला, गुजरात की निर्णायक लड़ाई। सिक्ख सेनाएँ सरदार शेरसिंह और छत्तरसिंह की कमान में बहादुरी से लड़ीं। सर चार्ल्स गफ़्फ़ के नेतृत्व में फिरंगी सेनाओं द्वारा पराजित हुईं। 21 फरवरी, 1849 में अंग्रेजों ने पंजाब को अन्तिम रूप से जीत लिया।